中华文史故事

第一辑

唐诗故事

◎张巨才 主编
王一林 编著

中州古籍出版社
·郑州·

图书在版编目(CIP)数据

唐诗故事 / 张巨才主编. — 郑州 : 中州古籍出版社, 2019.1

(中华文史故事)

ISBN 978-7-5348-7007-1

Ⅰ. ①唐… Ⅱ. ①张… Ⅲ. ①历史故事-作品集-中国 Ⅳ. ①I247.81

中国版本图书馆 CIP 数据核字(2017)第 078152 号

出版社:中州古籍出版社

(地址:郑州市经五路 66 号　邮政编码:450002)

发行单位:新华书店

承印单位:河南大美印刷有限公司

开本:640mm×960mm　1/16　**印张**:21. 25

版次:2019 年 1 月第 1 版　**印次**:2019 年 1 月第 1 次印刷

定价:36. 00 元

目　录

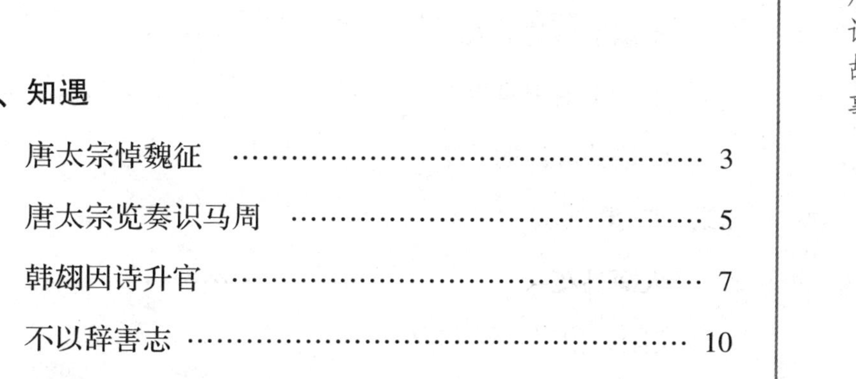

一、知遇

六、逞才

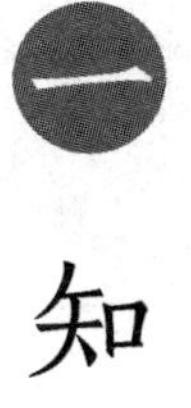

知遇

唐太宗悼魏征

诗人杜甫写过一首五言律诗《行次昭陵》，其中有这样几句：

风云随绝足，日月继高衢。

……

直词宁戮辱，贤路不崎岖。

……

大意是说：唐太宗麾下武将犹如龙虎，建立了赫然武功；贤能的文臣云集，辅佐唐太宗达到了贞观之治。……犯颜直谏不但不会引来杀身之祸，还可受到鼓励。唐太宗选拔贤才，让他们各自施展才干。

在这首诗里，杜甫赞扬了唐太宗的文治武功和虚怀若谷、举贤纳谏的政治家风度。在贞观年间，出现了一大批敢于直言的大臣，其中宰相魏征尤为突出。他经常在朝堂之上，指出唐太宗的过失，据理力争；即使引起了太宗的愤怒，他仍旧神色不变，继续说理。因为唐太宗平素钦佩他的才学，看到他临危不惧，胆略过人，确实是杰出人才，所以常常能听取他的意见。

唐太宗虚怀纳谏，魏征则直言进谏，在朝廷上树立起贤臣聚集、直谏成风的开明政治局面。

贞观十七年，魏征去世了，唐太宗好像失去了左膀右臂。他无限感慨地说："把铜当做镜子，可以正衣冠；把历史当做镜子，可以知道古今盛衰成败的缘由；把人当做镜子，可以看到自己的得失。现在魏征去世，我失去了一面镜子啊！"唐太宗派人把魏征的画像挂在凌烟阁上，把他作为唐朝的功臣纪念。他独自一人登上凌烟阁，默默地凝视着魏征的遗像，回忆起这位功臣的音容笑貌，含着热泪吟出一首挽诗：

劲条逢霜摧美质，召星失位夭良臣。

唯当掩泣方召上，空对余形无复人。

唐太宗览奏识马周

唐朝诗人李贺在他的《致酒行》一诗中写道：

……

吾闻马周昔作新丰客，天荒地老无人识。

空将笺上两行书，直犯龙颜请恩泽。

……

诗中提及的便是唐太宗览奏识马周的故事。

唐太宗是位开明的皇帝，他在平日里勤于政事，认真听取大臣们的建议。一天晚上，唐太宗读到中郎将常何的奏章时，发现他的文辞精辟，说理透彻，正中时弊。唐太宗看到最后，不禁拍案叫好。可又一想，常何是个粗通文墨的武官，素来不谙治国之道，怎么能写出如此绝妙的奏章？他心中顿生疑团，立即派人召常何进宫问个明白。

常何觐见唐太宗，施礼后如实禀报：“臣本是才疏学浅之人。奏章是我家门客马周写的，他是个很有才能的读书人。”

唐太宗一听，喜上眉梢，立即派使者去请马周。

马周原是一个穷困的读书人，但生性孤傲。他来到长安后，住在新丰（治今陕西西安临潼区东北）的一家小客栈中。店主人只顾招待那些阔绰的商贾而对他冷眼相看。马周愤然离去，投奔中郎将常何家当了门客。

贞观三年，太宗命令文武官员都要上书议论治旱之策。常何是个勇气超人的武官，但不会作文，为这事很发愁。马周得知后，自告奋勇地为常何代写了这份奏章。

唐太宗召马周进宫后，当场任命马周为监察御史。又因常何推荐国家栋梁之材有功，赐给他上等好绢三百匹。

当时，马周年仅三十一岁。唐太宗唯才是举，后又破格将他升任为中书令（相当于宰相），马周成为唐太宗的得力助手。马周上书奏事，条理分明，针对性强，“听之明了，令人忘倦”。唐太宗曾说：“朕一时不见马周，就非常想念他。”

后来，唐太宗览奏识马周的故事被文人们所引用，常借此来讽喻自己仕途失意，不被重用的境遇。

韩翃因诗升官

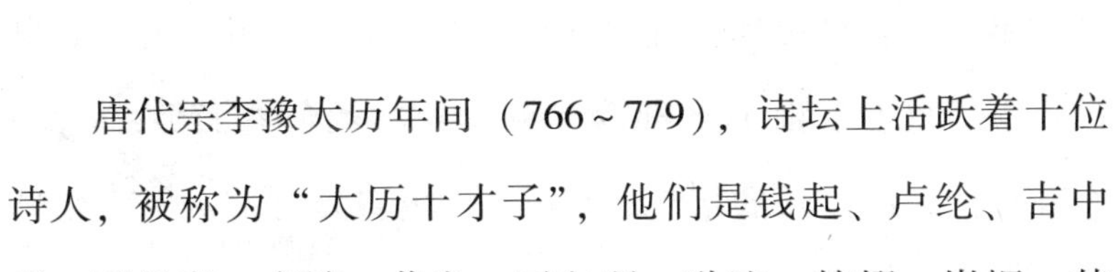

唐代宗李豫大历年间（766～779），诗坛上活跃着十位诗人，被称为“大历十才子”，他们是钱起、卢纶、吉中孚、夏侯审、李端、苗发、司空曙、耿湋、韩翃、崔峒。其中名气最大的是韩翃，他还因为一首诗而做了大官。

德宗时，韩翃年纪已大，但官场失意，只应着一个幕吏的差事。一起供职的都是新录用的年轻人，都不知道韩翃当初的名气。他们的才能不高，作的诗让韩翃觉得简直不能入目。因此，韩翃总是觉得心情郁闷，于是便推称自己得病，辞了官在家闲居。

只有一个姓韦的朋友，和韩翃有来往，他在皇宫中做巡官。韦巡官知道韩翃的才气，所以一直和他很亲密。

一天，夜已经深了，韩翃忽然被一阵敲门声惊醒，开门一看，原来是韦巡官。一见面，他就满脸喜色地说：“祝贺你呀！你被任命为驾部郎中了，并且是为皇上起草诏书。”

韩翃一听，吃了一惊。心想自己的名气虽在代宗时广为人知，但现在已闲居在家多年，怎么可能一下子被皇上点名做官呢？要知道为皇上起草诏书，相当于做皇上的秘书，只有最受皇上宠信的人才能得到这个职位。

“绝对没有这样的事，你一定是听错了！”韩翃说完，就懒洋洋地准备接着睡觉去。韦巡官忙拉住他说：“这是千真万确的。最近制诰（起草诏书）的职位缺人，中书大人两次推荐人，皇帝都没有批准。中书又请示皇帝，要皇上自己选人，皇上就批了‘韩翃’两个字。恰好在百官中有一个和你同名的，做的是江淮刺史。中书只好又请示皇上要哪一个，皇上就批了一首诗：

春城无处不飞花，寒食东风御柳斜。
日暮汉宫传蜡烛，轻烟散入五侯家。

“在诗下面，皇上又批上‘给这个韩翃’。这不就是你的诗吗？”

韩翃一听，才高兴起来：“嗯，是我的诗，这倒没错。”

果然，天亮的时候，便有朝官捧着圣旨来了。

那首使韩翃升官的诗，就是他诗作中最享大名的《寒食》。这首诗的意思是：晚春时节的京城，整个皇城到处落花飞舞，寒食节那天，和煦的春风吹拂着柳枝。傍晚的时侯，宫廷里将蜡烛分给得宠的宦官，轻烟从“五侯”家中飘散出来。五侯指的是东汉新丰侯单超、武原侯徐璜、东武阳侯具瑗、上蔡侯左悺、汝阳侯唐衡，他们因诛灭外戚梁冀及其亲党有功，被汉桓帝同日封侯。

按照习惯，寒食节禁绝烟火，但皇帝家里却依旧是灯火辉煌。这首诗借汉喻唐，嘲讽了当时社会的宦官专政，同时又描绘出寒食节那天的景色，“春城无处不飞花”这句已经成为脍炙人口的春景名句。唐德宗因这首思想、文采相交融的诗而提拔韩翃，说明他也是有一定鉴赏水平的。

不以辞害志

唐宣宗时，宰相令狐绹向朝廷举荐西蜀诗人李远做杭州刺史。宣宗早已听说李远的诗名，对他诗中“长日惟消一局棋”一句记忆最深，于是便把手一挥，满脸不高兴地说：

“不就是那个写过‘长日惟消一局棋’的李远吗？这个人整日迷恋下棋，怎么能有心思为我治理杭州呢？”

令狐绹解释说：“李远那只是写诗，借以抒发自己不得志的愁闷，请陛下不要因此否定他的才华。”

“白纸黑字，难道我不认识字吗？”宣宗渐渐面有怒色。

令狐绹是个敢发表自己意见的人，虽然他知道惹恼了皇上恐怕会有杀身之祸，但还是坚持说：“李远确实是个有才干的人，因为整天闲居，所以才下棋来消磨时光。皇上怎么能因为他的诗作来曲解他的志向呢？这就犯了‘以辞害志’的错误了。如果皇上不信，那么就下令不叫他下棋好了。”

宣宗这时也认识到自己的看法太拘泥了，所以也只好乘机下台，说：“那就传我的旨意，让李远任杭州刺史，但不许下棋。”

后来，李远在杭州果然显露出过人的才干，政绩很显著。

令狐绹坚持“不以辞害志”也传为佳话。

宋璟识才

唐玄宗开元九年（721年），王维赴长安应试。他在试卷上作了一首七律《和贾至舍人早朝大明宫之作》：

绛帻鸡人报晓筹，尚衣方进翠云裘。
九天阊阖开宫殿，万国衣冠拜冕旒。
日色才临仙掌动，香烟欲傍衮龙浮。
朝罢须裁五色诏，佩声归到凤池头。

考完以后，王维喜形于色地对一位友人说，自己的那首七律写得不错，看来金榜题名是很有把握的。

不料这次京试的主考官是个死脑筋先生，他在批阅王维的试卷时，读到“万国衣冠拜冕旒”一句，竟发起火来，说：“当今只有九州，这个人却写万国，真是胡说八道，华而不实！”说罢，便将王维的试卷放到不予录取的“下卷”里。

幸好宰相宋璟后来复查试卷，读了王维的诗，不禁连声叫好。这样好的诗作，为什么被放到“下卷”里呢？

宋璟找来主考官问明情由。当他知道是为“万国”一句之故时，真是又好气又好笑，他责备主考官说：

“老先生太迂腐了。这‘万国’是万方的意思，‘万国衣冠拜冕旒’，是颂扬我朝国力鼎盛，万方之邦都臣服。这一句气势不凡，是全诗的警策之处，你怎能说‘今无万国只有九州’，而把这样难得的佳作打入‘下卷’呢？”

主考官满面通红，无言以对。

由于宋璟慧眼识才，王维这次考试才名列第一。

雏凤韩偓

韩偓是个有名的诗人，一生作诗千余首，至今仍有三百多首流传下来。晚唐杰出诗人李商隐曾经称他为“雏凤”。

韩偓的母亲，与李商隐的妻子是同胞姐妹，都是泾原节度使王茂元的女儿。大中五年（851 年）秋末，李商隐离京赴梓州（今四川三台）入东川节度使柳仲郢的幕府，韩偓的父亲与李商隐是好友，又是连襟，因此为他饯行。年仅十岁的韩偓，也在一旁陪坐。姨父李商隐知道他异常聪明，就让他作首诗。韩偓便即席赋诗一首，诗中有“连宵侍坐徘徊久”的句子，满座的人都为他的才华惊叹。

大中十年（856 年），李商隐返回长安，他又重见到十岁的韩偓题赠的诗句，这次吟咏，更觉得韩偓才华横溢，于是感慨万分，挥笔写了两首七绝酬答，题目是《韩冬郎即席为诗相送一座尽惊他日余方追吟连宵侍坐徘徊久之句有老成之风因成二绝寄酬兼呈畏之员外》，其中的韩冬郎就是韩偓。

李商隐在诗中说：

十岁裁诗走马成，冷灰残烛动离情。
桐花万里丹山路，雏凤清于老凤声。

诗中把韩偓比作“雏凤”，说他和自己比都要胜一筹，这无疑是对他的赞赏和肯定。

长安居不易

白居易出生在一个小官僚家庭，祖父白锽以文章传名于世。他五六岁时便学作诗，十几岁时在家乡已很有名气。

十六岁时，白居易到京城参加科举考试。当时，顾况是长安的一位名士，许多人都到他那里求教。白居易虽然诗才过人，但由于没有诗作传播在外，父亲又只是一个州县小吏，所以在长安只算一个无名小卒。白居易也早已听说顾况的大名，于是便拿着自己的诗集，去拜谒顾况。

顾况的门人把白居易领入府中，帮他呈上诗作。顾况一见白居易是个乳臭未干的年轻人，心里就已经不以为然了。接过诗集一看署名“白居易”，便取笑说：

“长安的什么东西都贵，想居住在长安可是不容易哟!”

白居易听出话中的讥笑之意，但一言不发。

顾况掀开诗集，映入眼帘的首先是一首《赋得古原草送别》：“离离原上草，一岁一枯荣。野火烧不尽，春风吹又生……”刚读完前四句，顾况就不由得高声赞叹说：“好诗!”又想起刚才自己挖苦白居易的话，于是又赞许地对他说：“能写出这样的句子，不要说是长安，就是整个天下，你也可以‘居易’了!”

从此，白居易便名噪京师。尤其他那首被顾况赞叹的《赋得古原草送别》，更是千古传诵。全诗是这样的：

离离原上草，一岁一枯荣。
野火烧不尽，春风吹又生。
远芳侵古道，晴翠接荒城。
又送王孙去，萋萋满别情。

其中“野火烧不尽，春风吹又生”是诗中的名句，诗句通俗浅显，但含蕴极为深刻，给全诗增添了活力，使之如古原春草一样，生命不衰，成为千古绝唱。

李贺拜谒韩昌黎

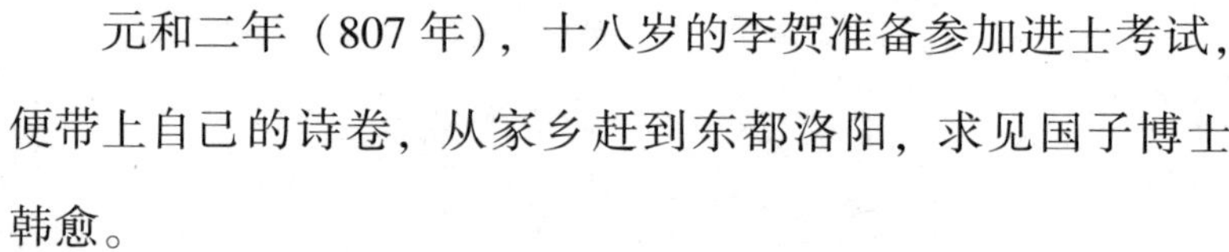

元和二年（807 年），十八岁的李贺准备参加进士考试，便带上自己的诗卷，从家乡赶到东都洛阳，求见国子博士韩愈。

这天，韩愈送客刚回，十分疲倦。他从守门人手中接过李贺呈送的诗卷，一边宽解衣带，一边浏览其诗，读至《雁门太守行》，韩愈为之所动，连连赞叹，急忙束紧衣带，让守门人传李贺进见。他热情接见了这位年轻人。李贺的《雁门太守行》可称得上拜谒韩昌黎的见面礼物，全诗如下：

黑云压城城欲摧，甲光向日金鳞开。
角声满天秋色里，塞上燕脂凝夜紫。
半卷红旗临易水，霜重鼓寒声不起。
报君黄金台上意，提携玉龙为君死。

诗人以色彩鲜明的字眼、侧面烘托的手法，把雁门太守率领士卒整装出征到投入战斗的行军过程描绘得有声有色。面对这幅意境苍凉、情调悲壮的边塞征战图，我们好似感到了大军压境的危急形势，看到了秋夜出击的紧张情景，听到了誓死为国的慷慨豪言。全诗想象丰富，立意新奇，语言瑰丽，是以边塞战争为题材的古诗中的名篇。

李洞为贾岛铸像

贾岛是唐代的“苦吟”诗人，他的诗铸字炼句，有不少佳句流传后世，影响后人。

李洞，字才江，雍州人。他虽然是唐王室的远孙，却生活拮据。写诗是他一生唯一的爱好。相传，他特别崇拜贾岛，甚至像对待神佛一样为贾岛铸了一个小铜像，用手帕包裹起来，走到哪里带到哪里，而且手持念珠，一天念诵“贾岛佛”上千遍。

一次，他遇上了另一位崇拜贾岛的朋友，便像遇到知己一样欣喜若狂。他把自己手抄的一本贾岛诗集赠给他，并且告诫他说，一定要像对佛经一样每天焚香膜拜。他叮咛再三，唯恐别人心不诚、行不坚。

李洞写诗，走的也是贾岛“苦吟”的路子，有时几乎到了废寝忘食的地步。他的诗，风格与贾岛十分相似，你看下列这些诗句：

药杵声中捣残梦，茶铛影里煮孤灯。

长疑啄破青山色，只恐啼穿白月轮。

卷箔清溪月，敲松紫阁书。

读着这些诗，它的僻涩瘦硬，让人感觉似曾相识，仔细品味之后，才明白他是真心实意在学贾岛。

但是，一个人应该树立自己的风格，不应该一味模仿他人。尤其像李洞那样迷信前人的做法，就显得有些迂腐可笑了。

张祜逢知己

中唐后期重要诗人张祜，才华横溢，但却运途坎坷，一生不仕。他有一首诗《何满子》：

故国三千里，深宫二十年。
一声何满子，双泪落君前。

这首诗在当时深受推崇。宣宗时任宰相的令狐绹的父亲令狐楚，认为这首诗为千古绝唱，于是上表给唐穆宗李恒，并把张祜的三百篇诗也一起呈上。

李恒是个没有主见的皇帝，不知该不该重用张祜，便召来宰相元稹商议。元稹十分孤傲也盛享诗名，认为张祜的诗没什么出色的地方。于是穆宗便打消了重用张祜的念头。令狐楚只好扫兴而归。

长庆元年（821 年），张祜在家中听说大诗人白居易出任杭州刺史，便带着自己的诗卷来拜谒他。他认为白居易是个优秀的诗人，一定会赏识自己的诗才。谁知，他的诗中有几首是长安失意后作的，其中对元稹的不识贤才发了些牢骚，甚至讥刺他枉为朝廷重臣。张祜却不知道，元稹和白居易是知己，经常诗札往来，时人称为“元白”。他那样说元稹，自然让白居易心存不快，并有了偏见，觉得他太妄自尊大，目中无人。因此，白居易并没有推荐他。

这一年，张祜参加了江东文士的解元考试，准备从科举中走上仕途。但是，主持考试的恰恰是对他心存偏见的白居易。

考场上，白居易出题主考。他出的诗题是《余霞散成绮》，赋题是《长剑倚天外》。

考完以后，张祜自我感觉很好。有人问他有何佳句，他得意地说：佳句嘛，如——

日月光先到，山河势尽来。

树影中流见，钟声两岸闻。

这些诗句，确实写得很好。张祜也觉得解元公非己莫属了。

但是，白居易却没有看上他的诗，而是认为另一份卷子上的诗句更凝练、雄奇：

千古长如白练飞，一条界破青山色！

写这首诗的举子是江南颇有名气的诗坛老将徐凝，白居易就把他点为解元。张祜的希望又一次落空，他离开杭州，浪迹江湖，日日以诗酒自娱，抒发怀才不遇的感慨。

唐武宗会昌四年（844 年），著名诗人杜牧在池州做刺史。张祜很想去拜访他，但想想以往的遭遇，不敢贸然前往。一次他在宣州当涂（今安徽丹涂）的牛渚停留时，一时感怀，写下了一首《江上旅泊呈杜员外》的诗：

牛渚南来沙岸长，远吟佳句望池阳。
野人未必非毛遂，太守还须是孟尝。

张祜在诗中把自己比作毛遂，希望杜牧能像孟尝君那样热情。杜牧收到这首诗后，非常高兴。他早就听说了张祜的诗名，并且张的年纪比他大，可以说是诗坛前辈了，竟主动想来拜访，杜牧于是即刻写了《酬张祜处士见寄长句四韵》来酬答：

七子论诗谁似公？曹刘须在指挥中。
荐衡昔日知文举，乞火无人作蒯通。

北极楼台长挂梦，西江波浪远吞空。

可怜故国三千里，虚唱歌辞满六宫。

杜牧在诗中赞扬了张祜的诗才和名篇《何满子》，并借用孔融上表荐举祢衡和蒯通向丞相曹参乞火的典故，对令狐楚举荐张祜而遭元稹拒绝的事表示遗憾。张祜见诗后，立刻到池州与杜牧相见。一布衣，一太守，结为了知己。

诗赠汪伦

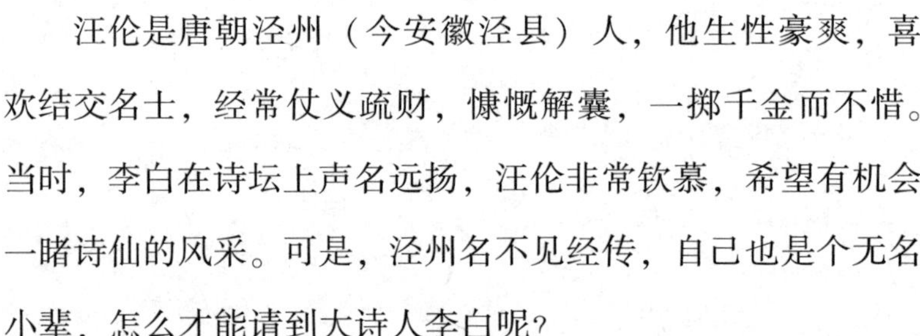

汪伦是唐朝泾州（今安徽泾县）人，他生性豪爽，喜欢结交名士，经常仗义疏财，慷慨解囊，一掷千金而不惜。当时，李白在诗坛上声名远扬，汪伦非常钦慕，希望有机会一睹诗仙的风采。可是，泾州名不见经传，自己也是个无名小辈，怎么才能请到大诗人李白呢？

后来，汪伦得到了李白将要到安徽游历的消息，这是难得的一次机会，汪伦决定写信邀请他。那时，所有知道李白的人，都知道他有两大爱好：喝酒和游历，只要有好酒，有美景，李白就会闻风而来。于是汪伦便写了这样一封信：

“李先生喜欢游玩赏景吗？我们这里有十里桃花。李先生喜欢喝酒吗？我们这里有万家酒店。”

李白接到这样的信，立刻高高兴兴地赶来了。一见到汪伦，便要去看“十里桃花”和“万家酒店”。汪伦微笑着告诉他：“桃花是我们这里那潭水的名字，桃花潭方圆十里，并没有桃花。万家呢，是说我们这酒店店主姓万，并不是说有一万家酒店。”李白听了，先是一愣，接着哈哈大笑起来，连说：“佩服！佩服！”

汪伦留李白住了好几天，李白在那儿过得非常愉快。汪伦的别墅周围，群山环抱，重峦叠嶂。别墅里面，池塘馆舍，清静深幽，像仙境一样。在这里，李白每天饮美酒，品佳肴，听歌咏，与高朋胜友高谈阔论，一天数宴，常相聚会，往往欢娱达旦。这正是李白喜欢的生活。因此，他对这里的主人不禁产生出相见恨晚的情怀。他曾写过《过汪氏别业二首》，在诗中他把汪伦作为窦子明、浮丘公一样的神仙来加以赞赏。

李白要走的那天，汪伦送给他名马八匹、绸缎十捆，派仆人给他送到船上。在家中设宴送别之后，李白登上了停在桃花潭上的小船。船正要离岸，李白忽然听到一阵歌声。回头一看，只见汪伦和许多村民一起在岸上踏步唱歌为自己送行。主人的深情厚谊以及古朴的送客形式使李白十分感动。他立即铺纸研墨，写了那首著名的送别诗给汪伦：

李白乘舟将欲行，忽闻岸上踏歌声。
桃花潭水深千尺，不及汪伦送我情。

这首诗比喻奇妙，并且由于受淳朴民风的影响，李白的

这首诗非常质朴平实，更显得情真意切。

《赠汪伦》这首诗，使普通村民汪伦的名字流传后世，桃花潭也因此成为游览的胜地。为了纪念李白，村民们在潭的东南岸建起“踏歌岸阁”，至今还吸引着众多游人。

白居易寄饼

唐朝的都城长安有着繁华的商业区，东部叫东市，西部叫西市。市内有宽达三十米的大街，商店、酒店就开设在街两旁。李白在长安的时候，就喜欢在市里骑着马逛来逛去，还爱在胡人开的酒店里喝从西域传来的葡萄酒。他的《少年行》一诗就记载了这种生活：

五陵年少金市东，银鞍白马度春风。
落花踏尽游何处，笑入胡姬酒肆中。

不仅两市，长安城中其他地方也有不少做买卖的。例如城西北辅兴坊，就是一家有名的胡麻饼店。这家做的饼，用油用面都十分讲究，所以烤出的饼又香又脆，吸引了很多人前来品尝。其中有两个人，几乎天天都来，简直成了胡麻饼迷。这两个人就是诗人白居易和他的朋友杨万州。每天处理

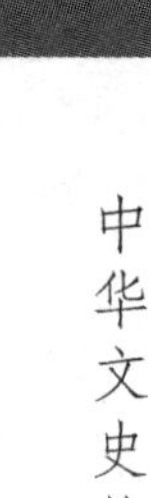

完公务，白居易和杨万州就一起到辅兴坊吃饼，吃到得意处，还互相取笑对方是“馋嘴猫”呢。

可惜的是，后来白居易被调到外地做官，再也吃不上辅兴坊的饼了。但是，白居易还不甘心，在当地到处找卖胡麻饼的地方，发现那里的饼居然也是照着长安城做的，味道还真不错。白居易高兴极了，又想起以前和自己一起吃饼的杨万州，就决定给他寄去点尝尝，并且还写了一首诗给他：

胡麻饼样学京都，面脆油香新出炉。
寄与饥馋杨大使，尝看得似辅兴无？

诗的意思是：这儿的胡麻饼样子学着长安的做法，刚出炉的饼儿又香又脆，寄给你这个馋嘴的老杨，请你尝尝看味道和辅兴坊烙的一样不一样。

“元白” 情深

俗话说“文人相轻”，但在唐代文坛上，却有两个文人给后人留下了文人相亲的佳话。他们是白居易和元稹。两人的友谊，是在共患难中建立起来的。

元和十年（815 年）正月，白居易与元稹在长安久别重逢，两人经常畅谈达旦，吟诗酬和。但事隔不久，元稹因为直言劝谏，触怒了宦官显贵，在那年三月被贬为通州司马。

同年八月，白居易也因要求追查宰相武元衡被藩镇军阀李师道勾结宦官暗杀身亡一案，被权臣嫉恨，宪宗听信谗言，将其贬为江州（今江西九江）司马。

两个好友竟落到同一被贬的命运。白居易在秋风凄凄中离开长安，走的恰好是元稹不久前走过的路。诗人满腔惆怅，一路上寻找着好友留下的墨迹。一日，他行至蓝桥驿——这里是长安通往河南、湖北的中途站。一下马，便在驿站的墙柱上发现了元稹在正月路过这里时写的一首《西归》

绝句。诗人百感交集，提笔在边上写了一首绝句：

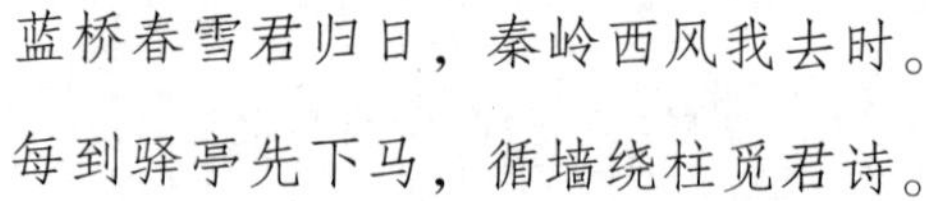

蓝桥春雪君归日，秦岭西风我去时。
每到驿亭先下马，循墙绕柱觅君诗。

离了蓝桥驿，经过商州、襄阳，诗人由汉水乘舟而行。在船上，诗人反复吟咏好友元稹的诗卷，来慰藉孤独的心，一直看到眼睛痛为止。途中写下这样一首诗：

把君诗卷灯前读，诗尽灯残天未明。
眼痛灭灯犹暗坐，逆风吹浪打船声。

元稹在通州听说白居易被贬到九江，极度震惊，不顾自己病重在床，提笔给白居易写信，并赋诗一首《闻乐天授江州司马》：

残灯无焰影幢幢，此夕闻君谪九江。
垂死病中惊坐起，暗风吹雨入寒窗。

不久，白居易收到了这首诗，被好友的关切之情深深感动，他在给元稹的信中写道：

“‘垂死病中’这句诗，即使是不相干的人看了都会感动得不忍再看，何况是我呢？到现在每次看到它，我心里还凄恻难忍。”

元稹一收到信，知道是白居易写来的，还未拆开就已泪眼模糊。他的女儿吓得哭起来，妻子也忙问怎么回事。元稹告诉她们，自己很少这样动情，只除在接到白居易来信的时候。为此，元稹寄诗给白居易：

得乐天书

远信入门先有泪，妻惊女哭问何如。

寻常不省曾如此，应是江州司马书。

一次，元稹又接到老朋友的诗，诗中写道：

晨起临风一惆怅，通川湓水断相闻。

不知忆我因何事，昨夜三更梦见君。

好友对自己如此情深，竟在梦中与自己相见。日有所思，夜有所梦，自己也整天思念他，为什么就不能梦见呢？元稹十分懊恼，觉得大概是自己一来通州，就染上疟疾，至今不愈，以致神思混乱的缘故。于是也写诗一首，《酬乐天频梦微之》：

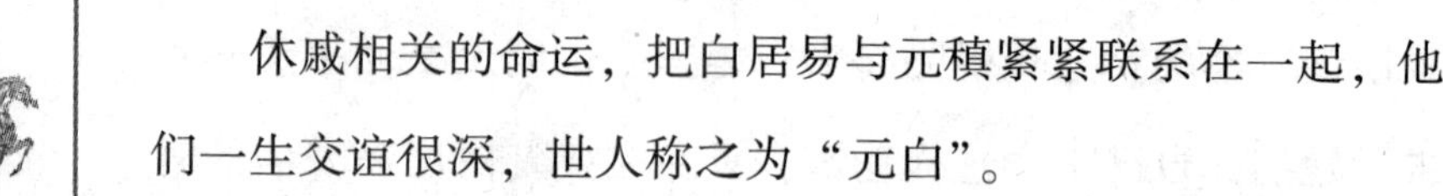
山水万重书断绝，念君怜我梦相闻。
我今因病魂颠倒，惟梦闲人不梦君。

休戚相关的命运，把白居易与元稹紧紧联系在一起，他们一生交谊很深，世人称之为“元白”。

“元白” 寄诗唱酬

白居易在杭州任职时，写下了不少赞美杭州秀丽景色的诗篇。这时，白居易的好友元稹由同州刺史升任浙东观察使，任所在会稽，与杭州邻郡。由于官务在身，两人不能会面，因此经常寄诗相和。

一天，白居易办完公务，回到内衙休息。一个名叫贺上人的和尚，从浙江回杭城，给白居易带来一封元稹的书信。白居易忙拆开一看，并无一句寒暄之语，只有一首七律：

州城回绕拂云堆，镜水稽山满眼来。
四面常时对屏障，一家终日在楼台。
星河似向檐前落，鼓角惊从地底回。
我是玉皇香案吏，谪居犹得住蓬莱。

白居易见元稹在诗中夸耀会稽山水之美，自诩得官胜地，如居蓬莱仙境，知他想用会稽来与杭州比美，很是不服，也回了一首七律，予以贬驳。

元稹得书，拆开一看，只有一首诗：

贺上人回得报书，大夸州宅似仙居。
厌看冯翊风沙久，喜见兰亭烟景初。
日出旌旗生气色，月明楼阁在虚无。
知君暗数江南郡，除却余杭尽不如。

元稹见诗中说会稽不如杭州，知是白居易戏他，又写了一首诗驳贬杭州，差人送去。白居易这次却不再贬会稽而是寄了一首《钱塘湖春行》的诗，夸耀钱塘湖（今杭州西湖）春日景色之美：

孤山寺北贾亭西，水面初平云脚低。
几处早莺争暖树，谁家新燕啄春泥。
乱花渐欲迷人眼，浅草才能没马蹄。
最爱湖东行不足，绿杨荫里白沙堤。

元稹读了这首诗，对西湖美景也禁不住心向往之，知道比不过白居易，也就不再写诗贬低杭州了。

牡丹含芳待诗人

在唐代，牡丹花闻名天下，上至皇家贵族，下至平民百姓，都喜欢种植、欣赏。诗人李白醉吟《清平调》，就是将杨贵妃与牡丹互比，咏唱其美丽。

唐穆宗长庆三年（823 年），白居易任杭州刺史。当时杭州还没有牡丹，只有开元寺的和尚惠澄从长安运了几株去，栽在寺院中。惠澄对花特别爱惜，春末牡丹盛开时，他怕阳光太强，便在花上搭了棚子，又怕遭家禽践踏，还在花旁边围起篱笆。

有一个从会稽来的读书人徐凝，偶然来到寺院中，看到惠澄种的牡丹，颇有感慨，知道来自长安的州刺史、中书舍人白居易一定会来观赏，便留诗一首《题开元寺牡丹》：

此花南地知谁种，惭愧僧闲用意栽。
海燕解怜频睥睨，胡蜂未识更徘徊。

虚生芍药徒劳妒，羞杀玫瑰不敢开。
惟有数苞红萼在，含芳只待舍人来。

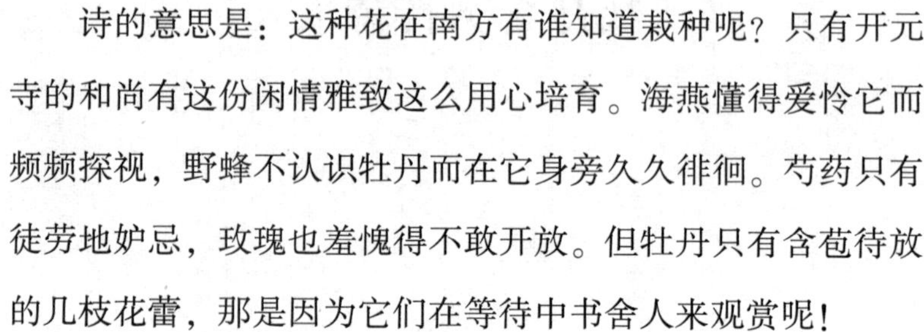

诗的意思是：这种花在南方有谁知道栽种呢？只有开元寺的和尚有这份闲情雅致这么用心培育。海燕懂得爱怜它而频频探视，野蜂不认识牡丹而在它身旁久久徘徊。芍药只有徒劳地妒忌，玫瑰也羞愧得不敢开放。但牡丹只有含苞待放的几枝花蕾，那是因为它们在等待中书舍人来观赏呢！

不久，白居易慕名来赏花，见到了题在这里的诗，好花与好诗使得他兴致极佳，于是邀来徐凝，赏花吟诗，两人因此结为知交。

杜甫赞李白

唐天宝三年（744 年），杜甫与李白初次相逢于洛阳。两位诗坛泰斗一见如故，同饮同醉，携手同游，度过了一段彼此难忘的时光。

杜甫在成都做节度使严武幕客时，生活还算安定。闲暇时常想起与李白相处的日子，这时他们阔别已经十多年了。想起那一段令人难忘的好时光，杜甫总感慨不已，颇为怀念。

如今正是仲春时节，蓉城景色秀美，令人心旷神怡，李白若能来此同游，那该是何等美事！一代豪放的诗仙，在这兵荒马乱的动荡年代，将栖息于何处？想到这里，诗人不禁提笔作诗，写了一首五律《春日忆李白》，开头四句是：

白也诗无敌，飘然思不群。
清新庾开府，俊逸鲍参军。

杜甫在诗中对李白是这样赞许的：庾信的诗清新而不俊逸，鲍照的诗俊逸而不清新，而李白的诗兼而有之，其清新俊逸之风实在是无人可以匹敌的。

不咏海棠

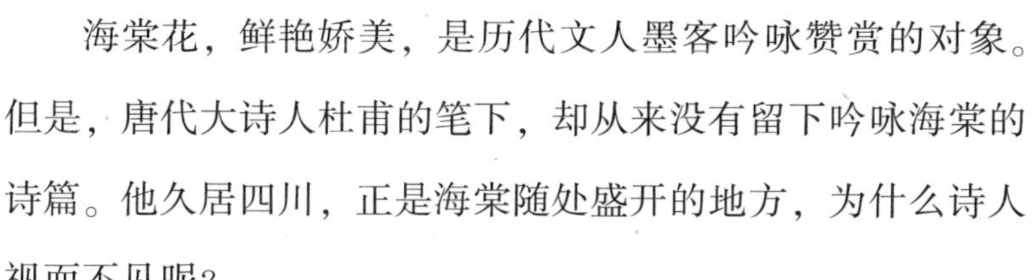

海棠花，鲜艳娇美，是历代文人墨客吟咏赞赏的对象。但是，唐代大诗人杜甫的笔下，却从来没有留下吟咏海棠的诗篇。他久居四川，正是海棠随处盛开的地方，为什么诗人视而不见呢？

原来，古人都讲究名讳，也就是忌用父母、祖辈、君王姓名中的字。据说，杜甫的母亲乳名叫海棠，为了避讳，杜甫只好忍痛把海棠割舍于自己的诗作之外了。

这个“杜甫不咏海棠”的掌故，还在宋代诗人苏轼的一段轶事中得到了证实。

苏轼被贬到黄州居住时，因为广有诗名，经常和一些文人及歌妓来往。在宴席上，歌妓们也往往慕名求诗，苏轼便写了大量题赠歌妓的诗。但有一个叫李宜的歌妓，虽然容貌超凡，但因为生性温婉，言语迟钝，竟一直没有得到苏轼题诗的机会。

后来，苏轼调往他地，要离开黄州了，众位朋友举行宴会为他饯别。李宜终于借为他敬酒的时机，取下领巾，请求题诗。苏轼这才发现自己竟从来没有给李宜题过诗。他想了想，便饱蘸浓墨，挥笔写下两句：

东坡五岁黄州住，
何事无言及李宜。

写到这儿，就把笔一掷，与旁边的人谈笑起来。众人一看，两句诗语意平凡，又没写完，不知何故。等到快散场，李宜只好再次拜请，苏轼才大笑着说："差点忘记了。"于是继续写道：

恰似西川杜工部，
海棠虽好不留诗。

大家听了，不由都拍手叫绝。李宜也又惊又喜，并因此留名千古。

衲僧乾康

乾康是唐代零陵人，相貌奇丑，但诗才不凡。

一次，乾康去拜会当时著名的诗僧齐己，到了齐己住的湘西道林寺门前时，被一个童子拦住，告知他：

“见我师父的门槛高，除了诗人，一般人可进不来。您是诗人吗？如果是，就请写首七绝吧！”

乾康听后，欣然命笔，赋诗道：

隔岸红尘忙似火，当轩青嶂冷如冰。
烹茶童子休相问，报道门前是衲僧。

诗的前两句称赞了齐己的超尘脱俗，讽刺了尘世的劳攘：岸那边的红尘世界正热闹红火，而您这里的青青山峰却幽冷纯洁如冰。后两句：煮茶的童子不要再多问了，你就通报说是衲僧乾康来了。

齐己见了诗，又惊又喜，他早已听说过乾康的为人，忙请他进来，日日款待。

到了乾德年间，一次乾康听说左补阙王伸到永州做知府，便带着自己的诗稿去拜见。王伸见他一把年纪，又容貌丑陋，忍不住心说：

“难道长得这个样子的人，能作出诗来？让我先试试他。”

那时正是冬末，地上的积雪开始融化，王伸便命他以此为诗，乾康念道：

六出奇花已住开，郡城相次见楼台。
时人莫把和泥看，一片飞从天上来。

这首诗中，乾康自比雪花，讽刺王伸不要把他和地上的泥土等同起来。

王伸见诗，惭愧地说：“他作的这首诗意蕴不浅，我怎么能以貌取人呢？”于是对乾康另眼相看，加以重用。

崔颢受斥

崔颢以一首《黄鹤楼》名传千古，他的另一首描写闺阁生活的《王家少妇》也很有名：

十五嫁王昌，盈盈入画堂。
自矜年最少，复倚婿为郎。
舞爱前溪绿，歌怜子夜长。
闲时斗百草，度日不成妆。

这是一位华贵少妇的自叙。她倚仗在外做官的丈夫，为整日歌舞嬉游的生活沾沾自喜。我们看到的仅是诗中少妇浮艳的闺情、娇憨的神态，而诗的内容却十分单薄。这首诗之所以出名，和崔颢因它受李邕的训斥有关。

李邕是当时享有盛誉的书法家、文学家，性格豪放，喜欢与文人学士结交。当时的青年学士都希望得到他的援引。

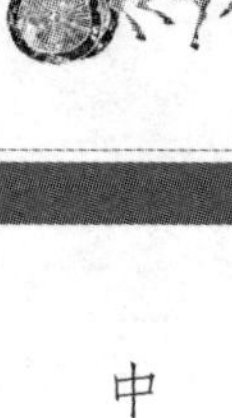

那时，崔颢已小有名气。李邕听说后，就邀请他到家中相见。这种机会是很难得的，崔颢自然异常兴奋。他带上自己的诗稿，兴冲冲地来到李邕家中。

李邕接到诗稿，饶有兴趣地读起来。没想到，刚读完第一篇，李邕就变了脸色，他把诗稿往桌上一摔，冲着崔颢怒冲冲地说：

“小儿无礼！”

说完，拂袖而去。崔颢捡起诗稿，才知道惹李邕生气的那首诗正是《王家少妇》。显然，李邕是把这首诗当做色情之作来看待了。其实，它言情并未流于色情，语俗而不涉于淫秽，李邕是太敏感了。后人对他的态度也多有不满，如明人胡应麟就讽刺他说：“李邕以为小儿轻薄，难道没有看到六朝诸人的作品吗？唐代以诗取士，竟还有这种人，真是可笑！”

且不管后人如何评价，崔颢在那时可真正碰了一鼻子灰，扫兴而归。

转喉触讳

开元十六年（728 年），诗人孟浩然来到京城长安参加进士考试，不幸名落孙山。但在与长安一些文人的交往中，他卓越的才华很快便尽人皆知了。

有一次，孟浩然和诸位诗友出门游玩。当时，秋月初升，细雨方停，景色清新喜人。众人诗兴涌动，于是一起作起诗来。轮到孟浩然，他徐徐吟道：

微云淡河汉，疏雨滴梧桐。

众人听罢，赞叹不已，觉得这句诗清丽幽雅到了顶点，于是到此为止，谁也不愿接下去赋诗了。

当时王维在长安做右丞，对孟浩然十分赏识，尤其听到了他那句“微云淡河汉，疏雨滴梧桐”之后，觉得此人更是不可多得，于是经常请他到自己的住处切磋诗艺。

一天，孟浩然正在王维家里和他聊得高兴，忽然听到一声通报“皇上驾到”。原来皇上对王维亦是十分敬佩，经常和他谈古说今，今天也许是兴之所至，便忽然找上门来了。过去，不是谁都可以见到皇上的，一般人上了金銮殿还不许抬头一睹龙颜，何况孟浩然这个从没有被皇上接见过的平民百姓。孟浩然想躲出去，但是已经来不及，皇上的脚步声已经从门外传进来了，没办法，王维赶快把他推到床底下。

王维慌里慌张地行了君臣大礼，问皇上：“有什么事光临寒舍?”皇上说：“想和你聊聊，没什么别的事。”王维心里想：如果不说自己床底下还躲着一个人，这不是犯了欺君之罪吗?万一被发现，可是要灭九族的。于是王维对皇上说：

“小臣有一事禀告，望皇上恕罪。”

皇上很是奇怪。王维就告诉他说，刚才正与书生孟浩然闲谈，恰好陛下驾到，因为没有来得及回避，又怕惊驾，因此把孟浩然藏在了床底下。

皇上听了，忙笑着说：“这个孟浩然我听说过，让他出来吧!”

孟浩然这才从床下出来拜见皇上。

皇上说：“我听说你诗写得不错，近来有没有新作，念来我听听。”

王维听了，示意孟浩然快念一首。同时，心里很替他高兴。凭孟浩然的才华，一定会得皇上赏识，有了皇上的恩宠，还能不飞黄腾达吗？

孟浩然便遵命念起了自己的那首《岁暮归南山》：

北阙休上书，南山归敝庐。
不才明主弃，多病故人疏。
白发催年老，青阳逼岁除。
永怀愁不寐，松月夜窗虚。

这首诗的意思是：不要再向朝廷进献奏章表达自己的心志了，还是回到南山我破旧的书屋之中。因为自己才疏学浅被明智的君主弃之一旁，多灾多病又让我与过去的朋友疏远了。头上的白发催人老去，新一年的春天又催着旧一年的岁月流逝。我心里怀着忧愁总是睡不着，看着月光把松枝的影子朦胧地映在窗户上。这首诗词句清丽，带着淡淡的惆怅，读起来非常感人。

然而，玄宗皇上刚听完前四句，就恼怒了，他沉下脸说："我从来没有把谁弃之不用，是你自己不求上进罢了，竟然还埋怨什么'明主弃'。"说完，拂袖而去。

后来，孟浩然被下令遣回南山。这种结果使王维和孟浩然都无可奈何。孟浩然的那首诗，其实表露的是一种岁月将逝、一事无成的怨怅，并没有埋怨皇上的意思，如果玄宗听完全诗也许会理解。大概玄宗那时心情不好，或者是太注意帝王威严，因为一句诗不顺耳就埋没了一个奇才。

孟浩然更是满怀失望，对当朝权贵及最高统治者都失去了信心。他离开长安时，赋诗与王维作别：

留别王维

寂寂竟何待？朝朝空自归。
欲寻芳草去，惜与故人违。
当路谁相假？知音世所稀！
只应守寂寞，还掩故园扉。

这首诗的意思是：我整日独自一人客居长安，究竟要等待什么呢？每天只不过空手回来一点收获也没有。我想归隐山林，又不忍和老朋友们相违拗。如今的世上有谁可以信任呢？知音是太少太少了！我还是应该只守着寂寞的日子，重新关上我旧屋子的柴门啊！

这首诗的情调非常低沉，表达了孟浩然受挫后心灰意冷的心绪。他的朋友王维见了很替他担心，于是回赠了一首来开导他：

杜门不复出，久与世情疏。
以此为良策，劝君归旧庐。

醉歌田舍酒，笑读古人书。

好是一生事，无劳献子虚。

王维在诗中劝慰好朋友隐居遁世，陶醉田园，在酒和书中寻找乐趣，不必把功名利禄看得那么重要。深情厚谊洋溢在字里行间。

孟浩然回到家乡，做起了隐逸之士，忘情山水，恬然自适，写了大量优秀的山水田园诗，与王维同为田园派中的圣手，世称“王孟”。

不识韦皋是贵人

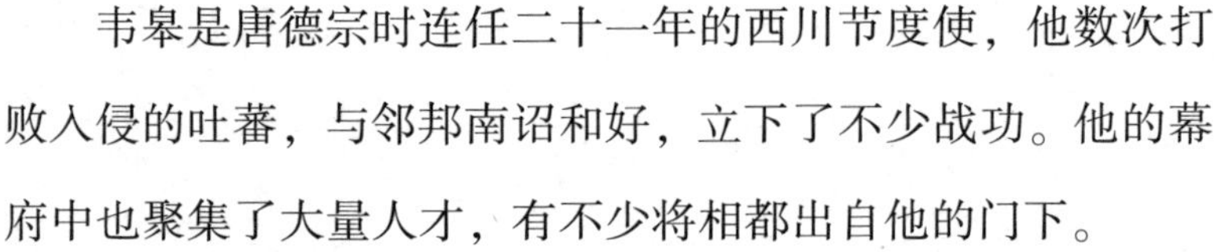

韦皋是唐德宗时连任二十一年的西川节度使，他数次打败入侵的吐蕃，与邻邦南诏和好，立下了不少战功。他的幕府中也聚集了大量人才，有不少将相都出自他的门下。

但韦皋年轻时，却一点不被他的岳父赏识。

韦皋的岳父张延赏，是唐代宗时的大官，他经常结交名士，希望在其中为自己的宝贝女儿选一个金龟婿，却一直没有中意的。

一次，他的夫人苗氏见了韦皋，便对他说：“此人一定前途无量，把女儿嫁给他肯定没错。”韦皋那时还只是个穷秀才，但张延赏知道自己的夫人一向善于识人，加上一时没有合适的，也只得同意。

韦皋婚后一直住在岳父家，吃穿不愁，又有娇妻陪伴，便有些不求上进。这样过了两三年，张延赏便认为他是个没用的人，很看不起他，甚至不再理睬，家中的仆人也渐渐对他不恭敬起来。

韦皋的妻子非常难过，便哭着对丈夫说："你是一个七尺男儿，也该创业立身，这样在岳父家被人看不起，我也脸上无光啊！"韦皋听后，便决心外出寻找自己的前程。临走时，他拒绝了岳父送的七匹马驮的东西，只带了妻子的赠物出发了。

韦皋一去就是许多年。由于他确实才识过人，很快便加官进爵。朱泚叛乱时，他又立下平乱大功，被封为金吾将军，并被派到蜀地担任西川节度使，接替的正好是他岳父张延赏的职务。

韦皋故意改名韩翱，驱马上任，在离成都三十里时，有知道内情的人向张延赏报告说："接替您的职务的，是金吾将军韦皋，不是韩翱。"

苗氏听了说："如果是韦皋，那一定是我的女婿了。"

张延赏讥笑她说："真是妇人之见。当年你就错识了，现在还是这么没眼光。天下同名同姓的人多着呢！"

苗氏说："韦皋过去虽穷，可也有志向有骨气，从不讨好你，所以你不喜欢他。他出走后一定大有所为，这次一定是他。"

第二天，新节度使来交接职务，张延赏一看果然是自己的女婿，非常惭愧，连说："是我不识人……"偷偷从成都西门出城溜走了。唐代诗人郭圆写了一首七绝来吟咏此事。

咏韦皋

宣父从周又适秦，昔贤谁少出风尘？

当时甚讶张延赏，不识韦皋是贵人。

诗的意思是：孔子周游列国时到处碰壁，过去的贤人有很多不是出身贫贱屡遭磨难吗？当时的张延赏真令人惊讶，居然识别不出韦皋是个贵人。

山妻不信出身迟

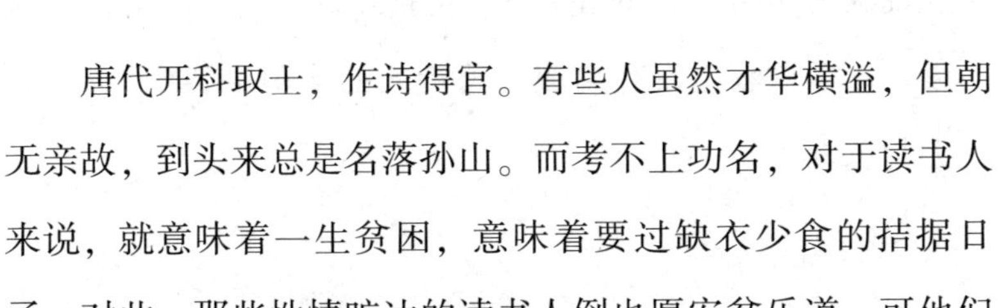

唐代开科取士，作诗得官。有些人虽然才华横溢，但朝无亲故，到头来总是名落孙山。而考不上功名，对于读书人来说，就意味着一生贫困，意味着要过缺衣少食的拮据日子。对此，那些性情旷达的读书人倒也愿安贫乐道，可他们的一家老小可实在是十分难熬了。

诗人杨志坚很有才情，可就是屡试不第。他本人生性达观，安于衣单食少、门破屋漏的清贫生活。可他的妻子忍受不了，要求解除婚约。他也显得无可奈何，只好同意了，并写了一首送别诗：

平生志业在琴诗，头上如今有二丝。
渔父尚知溪谷暗，山妻不信出身迟。
荆钗任意撩新鬓，明镜从他别画眉。
今日便同行路客，相逢即是下山时。

诗人一生的喜好就在于弹琴吟诗，岁月不饶人，如今双鬓已生白发。打渔的还明白溪谷太暗，无鱼可捞，可妻子对诗人的生不逢时却无法理解，真是知音难觅啊！想起昔日夫妻恩爱的欢乐情景，历历在目。可今日就要形同陌路人，各行其道了。

据说，他的妻子拿着这首诗叩见颜真卿，要求判离。颜大人说她有伤风化，还叫手下人责打一顿，这下可更苦了他的妻子。婚自然是没有离成，可诗人的贫困生活依然如旧，毫无起色。

阿倍仲麻吕的故事

阿倍仲麻吕是一个日本人。十八岁的时候，他作为日本遣唐留学生，来到中国学习。阿倍仲麻吕和当时许多日本人一样，深深陶醉于唐朝辉煌的文化之中。他聪明过人，又非常好学，很快就学会了汉话，并且进步越来越大，以至于开始写起汉诗。

正是因为写诗，阿倍仲麻吕认识了当时有名的大诗人李白、王维等人。他们经常聚在一起，喝酒、作诗、游玩，成了非常要好的朋友。

那时，所有的学生都要参加科举考试，考中后才能在国家的各部门工作，即使是日本人，也要遵照这条规矩。当然，考试是相当难的。不过，阿倍仲麻吕已经深深地喜欢上了中国这片神奇的土地。他决定留下来。于是他更加刻苦，每天都学习到深夜。

终于有一天，报喜的锣鼓声传来，阿倍仲麻吕顺利通过

了科举考试，成了中国的一名进士。消息传开，轰动一时，他的中国朋友纷纷来向他表示祝贺。阿倍仲麻吕的心愿终于实现了，他被留在唐朝任职。他给自己取了一个中国名字叫“晁衡”。

在以后的几十年中，晁衡兢兢业业地履行自己的职责，当然他也没有忘记自己心爱的诗歌，他写了大量的诗，和老朋友李白、王维等感情更加深厚，经常你唱我和，日子过得很快活。

但是，晁衡的家乡毕竟在日本，那里有他的亲人，他越来越思念他们了。随着年纪的增长，一种“叶落归根”的情绪在晁衡心中变得强烈起来。他打算启程归乡。

唐天宝十二年（753 年），晁衡坐上了去日本的船，他的中国朋友们依依不舍地送走了他。

不久以后，噩耗传来，晁衡坐的那艘船在海上遇上了风暴，沉没了！顿时，所有与晁衡结交过的朋友都被悲痛击倒了。李白也是其中的一人，他满怀伤感地写了一首《哭晁卿衡》：

日本晁卿辞帝都，征帆一片绕蓬壶。
明月不归沉碧海，白云愁色满苍梧。

但是有一天，晁衡忽然又出现在李白面前。李白又惊又喜，以为自己是在做梦。晁衡告诉他说，在那次船难中，他死里逃生，回到了日本。

晁衡回来后，一直在长安任职，直到唐代宗大历五年（770 年）去世。待在中国的五十多年，他为中日两国的文化交流及促进两国友好关系做出了很多贡献。因此，人们就在兴庆宫公园东侧，建造了一座汉白玉的“阿倍仲麻吕纪念碑”，永远怀念晁衡这位友谊的使者。

恋情

人面桃花

唐代有一才子崔护，天资很是聪明，可性情显得有些内向。他喜好秀丽山水，其诗作也充满清新的气息。

有一年清明，这位才子独自到城外游玩。时近中午，只觉得口渴，可荒郊野外，望不着一座有人烟的村落。正欲返行，巧遇一花木掩映的院落，门虚掩着。崔护轻轻地叩了几声门，有一女子的面容现于门缝间，姿色秀丽。崔护忙说："独自游玩于此地，时已中午，口干舌燥，烦小姐端些水来……"崔护还要往下说，只见那女子已转身从屋里端来一杯清水，开门将他让了进来。崔护坐于桌前，忙端起了那杯水，一饮而尽。那女子独自倚在院中的一棵桃树下，姿态娇媚。崔护想跟她提起话题，她又像是羞于答对，只是微微而笑。

崔护起身辞别，那女子将他送到门口。崔护驻足于门前，长久地望着虚掩的柴扉，只是那女子的身影已悄然而回了。

第二年清明，崔护又想起了那座院落，想起了那位端水给他喝的女子。情不自禁，他又来到了那座院落前。只见门墙如故，一把铜锁却把他挡在了门外。于是，他在门的左边题了一首诗：

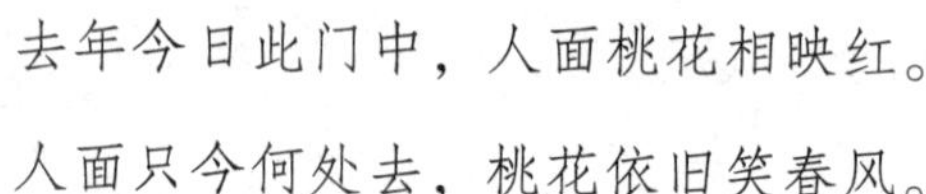

去年今日此门中，人面桃花相映红。
人面只今何处去，桃花依旧笑春风。

又隔了几天，他再次来到了此地。刚到门前，就听得里面有哭声，便叩门而问。有一老父出来说：“你就是崔护吗？”崔护说：“正是。”只见老父边哭边说：“是你杀了我的女儿！”崔护感到惊讶，不知该向老人说些什么。老父又说：“我的女儿十五岁，还没有嫁人，自从去年常见她神情恍惚，若有所失。后来我同她出去散心，她回来时见门上题的诗，读罢便卧床不起，不思茶饭，数日而去。我这么大的年纪，全靠女儿侍奉终身。今日她却因你离去，难道不是你的罪过吗？”说罢痛哭。崔护更是为之感动，忙扑到床前，抱起了那女子，哭着说道：“我在这儿，我在这儿……”

过了一会儿，那女子竟睁开了眼睛，慢慢地复活了。

老父这下可高兴了，忙把崔护拉了过来，说道：“你救活了我的女儿，我让她嫁给你，是否中意？”

崔护回身看那女子，见她面如桃花，双目传情。

后来呢？自然是一段美满的才子佳人姻缘传了。

巴山夜雨

晚唐诗人李商隐寄居巴蜀时，做过一些微不足道的官。每当公事完毕，他总觉百无聊赖，而家中的妻子则是他唯一的牵挂。

一天，接到千里家书，妻子泪洒信笺，问他的归期是何时。他当即作诗以记，诗中写道：

君问归期未有期，巴山夜雨涨秋池。
何当共剪西窗烛，却话巴山夜雨时。

巴山，泛指三巴（今陕西、四川、湖北交界地区）一带的山。诗中两次出现“巴山夜雨”，前面的是描摹诗人眼前所处的孤苦寂寞的现实环境，诗中说道：你问我几时归来，可哪有个定准呢？我客居在巴蜀山地，秋夜的雨下个不停，池塘里的水都涨满了。后句中的“巴山夜雨”是诗人

想象与妻子重逢后促膝夜谈时的情景，诗句大意是：何时能够临坐在家中的西窗下，剪过烛花，共叙别情，我会把此刻巴山夜雨中思念你的情景讲述给你听！

全诗短短四句，明白如话，却又深婉绵邈，余味无穷，现实和想象交织呼应，十分真切动人。

六宫情怨

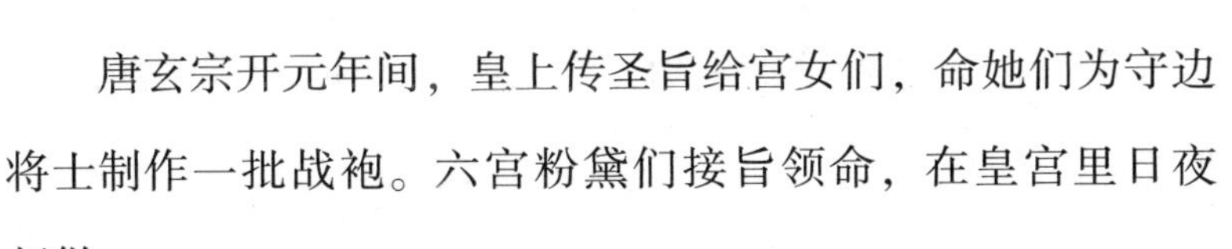

唐玄宗开元年间，皇上传圣旨给宫女们，命她们为守边将士制作一批战袍。六宫粉黛们接旨领命，在皇宫里日夜赶做。

有位年轻貌美的宫女边缝边想，久居沙场的将士们的生活一定很苦很累，朔风凛冽，他们能睡个好觉吗？于是，在自己做的战袍中有意多添置了丝棉，缝得也格外结实。但她想到自己生活在这深宫后院中：青春同野草闲花一般，自生自灭，无人过问，不禁又多一份忧愁，于是赋诗一首，缝绣在袍中：

沙场征戍客，寒苦若为眠。
战袍经手作，知落阿谁边。
蓄意多添线，含情更著棉。
今生已过也，重结后生缘。

有权有势的大家小姐们以抛绣球的方式选自己的意中人，而这位宫女则是借战袍传情，情有独钟。

一戍边战士在自己穿的战袍中发现这首诗后，立即报告了主帅，主帅又把它献给皇帝。唐玄宗读后，感叹良久，就把这首诗示遍六宫粉黛，询问是谁写的，并表示不会因此怪罪她。话说到这里，题诗的宫女很有勇气地站了出来。

唐玄宗为她的真情所感，又赞许她的勇气，便同意让她离开深宫，并派人送她到边地，恩准她与那位得诗的战士成婚。

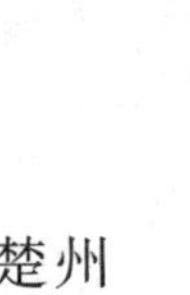

同来望月人何处

唐朝诗人赵嘏，字承祐，楚州山阳（今江苏淮安楚州区）人。据说，他初到长安，“一日名动京师，三日传满天下”，颇有诗名。

公元842年，赵嘏进士及第。按照以往的惯例，新中的进士们在发榜后的第三天，要在长安曲江池畔举行“曲江会”，大家欢聚一起，饮酒赋诗，以互庆金榜题名、一举及第。这天，赵嘏自然是格外高兴。进士及第是一喜，而更让他高兴的是几日后即可衣锦荣归，与那早已订了终身之约的情人结为伉俪，真是喜上加喜。

谁知天有不测风云，正在他兴高采烈之际，他的母亲送来了家书，说浙西节度使见他的情人长得美貌超群，竟派一伙家丁将她抢走，现在下落不明。赵嘏得此消息，悲愤难抑，步履踉跄，赶到窗前，极目远望，吟诗道：

寂寞堂前日又曛，阳台去作不归云。

当时闻说沙吒利，今日青娥属使君。

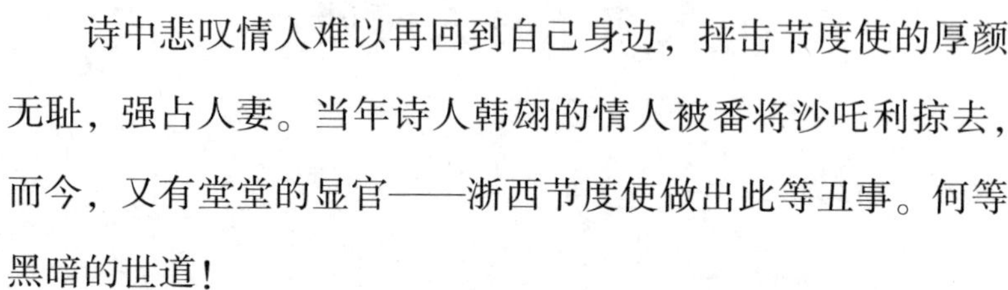

诗中悲叹情人难以再回到自己身边，抨击节度使的厚颜无耻，强占人妻。当年诗人韩翃的情人被番将沙吒利掠去，而今，又有堂堂的显官——浙西节度使做出此等丑事。何等黑暗的世道！

半月后，赵嘏告假南归。途经横水驿时，竟与情人意外相遇。原来，浙西节度使还有些廉耻之心，听说赵嘏进士及第，怕新科进士把事情闹大了，于己不利，便索性把她送往长安与赵嘏团聚。

赵嘏听了情人的哭诉，将她抚慰一番，劝她不要过分悲伤。可备受摧残、憔悴不堪的情人还是痛哭不止，气绝声嘶，慢慢闭上秀目，长眠于诗人怀中。赵嘏呼天喊地，可她的芳魂已升入九天之外。诗人将她埋在横水之滨，依依挥泪而去。

此后，赵嘏思念爱人，心痛不已，无心为官，整日郁郁寡欢。在一个清凉孤寂的夜晚，他独自登上江边的小楼，极目远望，月光如水，波光荡漾。记得去年也是这样的月夜，赵嘏与她凭栏倚肩，共赏江天明月。而今夜，他面对依稀可见的风物，怎能不悲叹人世的苍凉、世道的黑暗？缕缕怀念和怅惘之情，牢拢着他孤独而忧伤的心灵。正如其诗中所云：

独上江楼思渺然，月光如水水如天。
同来望月人何处？风景依稀似去年。

十年一觉扬州梦

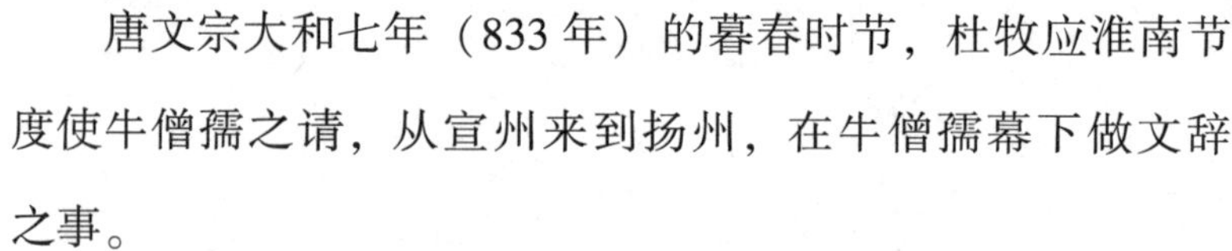

唐文宗大和七年（833 年）的暮春时节，杜牧应淮南节度使牛僧孺之请，从宣州来到扬州，在牛僧孺幕下做文辞之事。

扬州当时是繁华的商业都市。风流倜傥的杜牧喜好声色犬马，多贵公子习气。他来到扬州后，更是意马难拴，生活很是放纵。每日公事完毕，便上酒楼、下歌馆，东街进、西街出，和一些文人名士饮酒赋诗，与一些歌妓舞女弄柳。扬州各处的娱乐场所几乎都有他的行踪，“风流才子”的名声全城皆知。

那位牛大人对下属本是严加管教的，但对杜牧却很宽容，可还是派人注视杜牧的行踪，以便察看和保护。

大和九年（835 年），杜牧又被调往京都任监察御史。临行那天，牛大人设宴为他饯行。酒过三巡以后，牛大人对杜牧说道：“贤弟，你气概豪迈，才华横溢，前程远大。但我担心你风情不节，有伤身体，也损名分，今后要多加节制才好！”杜牧不知人家实有所指，还以为是一般的规劝之言，便装作一本正经的样子说：“卑职为人古板，一向不喜风情，大人不必挂念。”牛大人见他有意掩盖，命人呈上密报，递与杜牧翻阅。只见上面写的都是有关杜牧的行踪报告。杜牧看了，才知道这位牛大人早有心计，前面的话也是对自己的真诚劝告，便觉得有所失礼，上前致谢：“卑职蒙大人怜爱，感恩戴德，永生难忘，临别赠言，必铭于心上。”

据说，杜牧此后的生活十分检点，他在《遣怀》一诗中这样总结在扬州的那段生活：

落魄江湖载酒行，楚腰纤细掌中轻。
十年一觉扬州梦，赢得青楼薄幸名。

可见他对此还有所怀念，但梦醒后的失意之情也是溢于言表，而反省懊悔之意也若有所云。

如海侯门为诗开

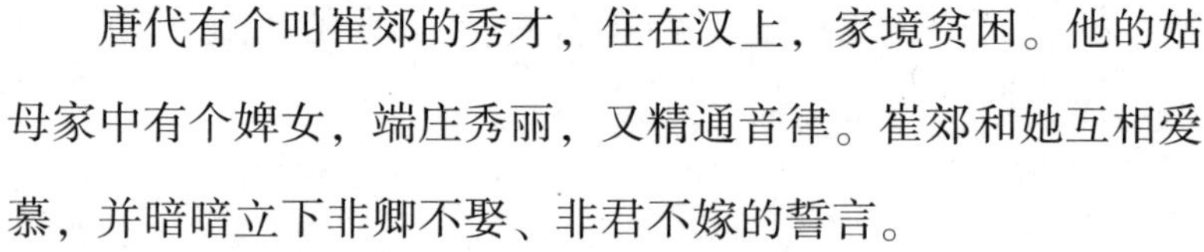

唐代有个叫崔郊的秀才，住在汉上，家境贫困。他的姑母家中有个婢女，端庄秀丽，又精通音律。崔郊和她互相爱慕，并暗暗立下非卿不娶、非君不嫁的誓言。

后来，崔郊姑母家道衰落，竟以四十一万钱的价格把婢女卖给了当地掌握军政大权的节度使于頔。于頔对婢女十分宠爱。

崔郊虽然悲痛已极，但毫无办法，只能每日在节度使府宅周围徘徊。寒食节那天，恰好婢女因事外出，崔郊正立在柳荫下苦等，两人相见，都泪流满面。临别，崔郊写了一首诗送给她：

赠去婢

公子王孙逐后尘，绿珠垂泪滴罗巾。

侯门一入深如海，从此萧郎是路人。

诗的意思是：公子王孙（指崔郊自己）跟在你的后面追逐，绿珠（本为晋代石崇的宠姬，这里指婢女）的眼泪一滴滴落在绸巾上。节度使的大门一入便深如海，从此以后我将被你忘掉，像陌生的过路人。

这首诗传开后，有一些嫉妒崔郊的人故意把诗写给于頔看。于頔见诗，命人把崔郊叫来。大家不知是祸是福，都替他担心。

于頔一见崔郊，便握住他的手说："'侯门一入深如海，从此萧郎是路人'这句诗是你写的？真是好文采。不过，我的大门也不像海那么深，像你这么有才华的人，来去都好说啊！"

说完，节度使便叫出婢女，让她和崔郊一同回去，还赠送了一大批嫁妆。

襄王好意遣歌姬

唐代有一位襄阳节度使于頔，权势赫赫，喜欢在家中养歌妓、舞妓，歌舞宴饮。

一次，有一位从零陵（今湖南宁远县）来的客人无意中告诉于頔说，零陵太守戎昱家中有一位歌女，歌声婉转绝妙，又生得美艳如天仙。于頔一听，很想占为己有，便派人到零陵去向戎昱讨要。戎昱虽然对歌女极为珍爱，但畏于頔官高势威，得罪不起，只好洒泪送走歌女，临行前送她一首七绝：

送零陵妓

宝钿香娥翡翠裙，妆成掩泣欲行云。

殷勤好取襄王意，莫向阳台梦使君。

诗的大意是：美人头戴嵌着珠宝的金钗首饰，身穿翡翠色的绸裙，梳妆打扮好后像行云一样掩面哭泣着离去。你尽心侍奉获取襄阳的于公的好心意，不要再在梦中想念我这千里之外的零陵太守了。

歌妓一行人经过千里跋涉，从零陵到了襄阳。于頔见了歌妓十分喜爱，立即赠她无数珠宝，并开宴会让她演唱。

歌妓心中十分想念戎昱，便开口唱起他临别时送给自己的那首诗。歌声凄美，在座的人都被打动了。

于頔听了歌词，十分惭愧，叹息道："大丈夫不能建功立业称颂于后世，又岂能夺人所爱呢？"

于是，他立即给戎昱写信道歉，并把歌妓又送还给他。

借诗传情得姻缘

唐德宗贞元年间，湘潭县尉郑德璘出外访友，途中船停在黄鹤楼下，恰好停在大盐商韦某的船旁边。韦某有个女儿，容貌美丽非凡。

晚上，风清月明，邻近小船上有位秀才崔希周正在赏月，忽然发现有东西碰到了船舷，捞起一看，原来是一束清香扑鼻的莲花，他欣喜之余写了一首七绝：

江上夜拾得芙蓉

物触轻舟心自知，风恬浪静月光微。

夜深江上解愁思，拾得红蕖香惹衣。

韦氏姑娘正与邻家一女子在船中闲聊，听到外面有人反复吟诗，觉得有趣，便由邻家女子把听到的诗写在一张红纸上。

第二天一早，郑德璘与盐商的船一起启航，又一起停泊在洞庭湖畔。郑德璘一路上偶见韦氏姑娘美貌，非常爱慕，又苦于无法交谈。恰好，韦氏出来钓鱼，郑德璘便在红绸上写了一首诗，把红绸挂在韦氏的钓竿上。诗是这样写的：

投韦氏

纤手垂钩对水窗，红蕖秋色艳长江。
既能解佩投交甫，更有明珠乞一双。

诗的意思是：纤巧的手从水窗中垂下钓钩，你像秋天的红莲艳惊长江。江水中的女神能解下玉佩赠给郑交甫，请你送给我一双明珠行吗？诗中用了一个典故：传说天帝的二女为水神，在江边遇上郑交甫，赠他玉佩定情。郑德璘以这个传说表达自己的求爱之情。

韦姑娘见了红绸诗，觉得很有趣。她从小未受过吟诗作赋的教育，因此不大看得懂，但她对郑德璘很有好感，于是灵机一动便把前天晚上听来的诗钩在钓钩上，送给了郑。

郑德璘见诗后，非常高兴，这不正是韦姑娘在对自己表达爱慕吗？他是这样理解那首诗的：正是风平浪静、月光朦胧的时候，我知道有东西（你的红绸诗）碰到我的船边，在深夜的江上，它给了我多少安慰啊！希望你尽早让我这枝红蕖到你身边。

第二天天未亮，盐商的船就启航了。那天湖上起了大风，浪头巨大，郑德璘乘的小船无法行驶，他只好看着心爱的姑娘渐渐远去。不幸的是，当天傍晚便有消息传来：盐商韦某的船被浪打翻，沉没了。郑德璘悲痛欲绝，作了两首诗悼念那个不知姓名的心上人：

吊江姝

（一）

湖面狂风且莫吹，浪花初绽月光微。
沉潜暗想横波泪，得共鲛人相对垂。

（二）

洞庭风软荻花秋，新没青娥细浪愁。
泪滴白蘋君不见，月明江上有轻鸥。

写完，郑德璘便把诗投入江中，并焚香拜祭。传说湖中的龙王洞庭府君得到了这两首诗，大吃一惊，忙派人查找哪位是郑德璘拜祭的姑娘。韦氏因身上带着郑的红绸诗，便被带来。府君说：“郑县尉曾多次款待我，这次就让他心爱的人活命吧！”于是在韦氏的纱巾上题诗一首，送她回人世。诗是这样的：

题韦氏巾上

昔日江头菱芡人，蒙君数饮松醪春。

活君家室以为报，珍重长沙郑德璘。

郑德璘拜祭完毕，正在暗自伤感，忽见韦氏姑娘浮现在水面红莲之上，忙救她上船，问清缘由，欣喜异常。又看了水府君的诗，才明白洞庭府君原来是洞庭湖中划船卖菱角的老头儿，自己过去经常请他喝酒呢。

据说郑德璘与韦氏成婚后，还经常去水府做客，探望住在那儿的韦氏父母呢！

元稹悼妻

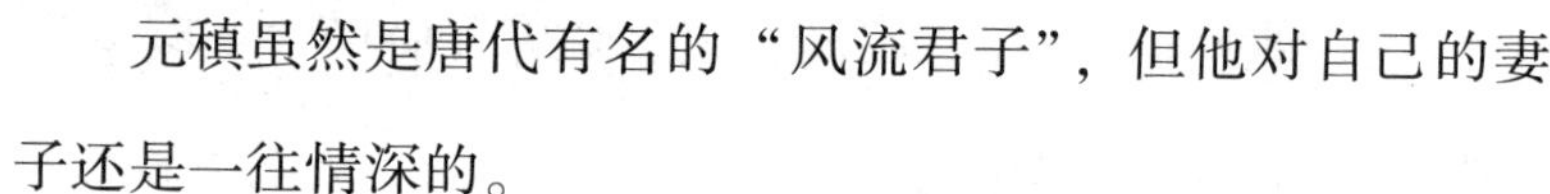

元稹虽然是唐代有名的“风流君子”，但他对自己的妻子还是一往情深的。

唐德宗贞元十八年（802 年），元稹二十四岁，当时担任小官秘书省校书郎，生活贫困。但太子少保韦夏卿看他年少有为，便把小女儿韦丛嫁给了他。

韦丛是富贵人家的女儿，不但知书达理，温柔贤惠，还对丈夫十分体贴，宁可自己吃苦也毫无怨言。她和元稹过了一段非常幸福的婚姻生活。

七年后，即唐宪宗元和四年（809 年），元稹升为监察御史，但与他共患难的妻子却因病去世了，死时年仅二十七岁。

元稹悲痛万分，写下了三首怀念妻子的诗，第一首是：

谢公最小偏怜女，自嫁黔娄百事乖。

顾我无衣搜荩箧，泥他沽酒拔金钗。
野蔬充膳甘长藿，落叶添薪仰古槐。
今日俸钱过十万，与君营奠复营斋。

这首诗怀念了婚后的贫困和韦氏的贤德：你这谢公（指东晋宰相谢安，他最爱聪慧的侄女谢道韫，此处指韦夏卿）最怜爱的小女儿，自从嫁给我这个一无所有的人之后，事事都不如意。见我没衣服就翻遍了荩草编的箱子寻找，为给我买酒伸手就拔下头上的金钗。野草、豆叶做成饭你吃得还那样香甜，整日扫槐树的落叶当柴烧。现在我的薪俸超过了十万，但只能用给你设祭、延请僧道超度亡灵的办法来祝你来生幸福了。

第二首诗是这样写的：

昔日戏言身后意，今朝都到眼前来。
衣裳已施行看尽，针线犹存未忍开。
尚想旧情怜婢仆，也曾因梦送钱财。
诚知此恨人人有，贫贱夫妻百事哀。

第二首诗的意思是：过去曾开玩笑说你我死后会怎样，今天竟然变成了眼前现实。你的衣裳都按你咐吩的快施舍完了，但你做的针线我还保留着不忍心打开。我因为怀念过去

与你的情分而宽待旧日的奴婢，也曾因梦见你而向寺庙施舍钱财。我确实知道，死别的怨恨人人都会遇到，但回想我们这一对一起度过贫贱生活的夫妻，有多少哀痛的往事啊！

第三首诗写道：

闲坐悲君亦自悲，百年能有几多时。
邓攸无子寻知命，潘岳悼亡犹费词。
同穴窅冥何所望，他生缘会更难期。
惟将终夜长开眼，报答平生未展眉。

这首诗的意思是：闲坐下来时就会因想到你而为你悲伤，并且也为自己而悲叹，人生百年能有多长时间呢？我们像晋人邓攸一样没有儿子（韦氏生过五个孩子，仅活一女孩），这都是天命所定，潘岳（晋人，擅长写哀悼文字）写悼亡诗苦苦遣词，我也像他一样写诗悼念你，也是白费语言。虽然我可以和你同葬一起，但深邃昏暗的地府中有什么值得向往的呢？来生再结姻缘更是渺茫难以预期。你自嫁给我后从未有过舒展眉头的开心日子，现在我只能在长夜中久久地睁着眼睛怀念你了。

元稹的三首悼亡诗，情真意切，为人称道。如果他地下的妻子有知，大概也会因此而原谅他那些风流韵事吧！

元稹与莺莺

中唐诗人元稹，写过一篇著名的传奇《莺莺传》，后被多次修改，到关汉卿时形成完整的《西厢记》。元稹是文坛上有名的风流才子，《莺莺传》其实是他年轻时的亲身经历。故事大致是这样的：

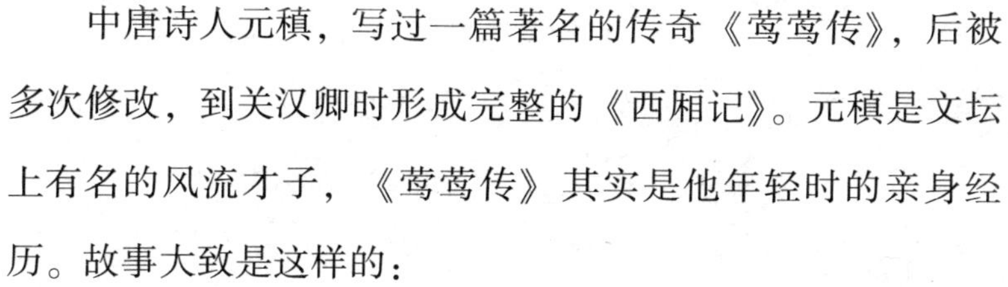

唐德宗贞元年间，书生张君瑞暂住普救寺，爱上在此暂居的崔家小姐莺莺，便托婢女红娘送去《春词二首》，其中一首这样写道：

深院无人草树光，娇莺不语趁阴藏。
等闲弄水浮花片，流出门前赚阮郎。

莺莺见他文辞不凡，心生爱慕，便写《答张生》（又题《明月三五夜》）一首，约张生月下相会。

待月西厢下，迎风户半开。

拂墙花影动，疑是玉人来。

后来，张生与莺莺私下相好两个月，张生进京赶考，约定中榜后回来求亲。但因未考取，他便留在长安。

两年后，张、崔各自成家。后来张生经过崔的夫家，谎称是崔的表兄求见，崔始终不见，只写了一首诀别诗：

寄诗（绝微之）

自从销瘦减容光，万转千回懒下床。

不为傍人羞不起，为郎憔悴却羞郎。

诗中说：自分别后已消瘦憔悴，千思万想懒得下床。不是因为别人，而是为你伤心又为你的薄情羞愧。

微之是元稹的字，绝微之即与元稹断绝来往。由此可见此事确有。

后来张生临走时，崔莺莺又赋一首诗劝慰他：

告绝诗

弃置今何道，当时且自亲。

还将旧来意，怜取眼前人。

诗的意思是：当时抛弃的现在又有什么好说的呢？过去曾是那样的相亲相爱，你还是把你的情意用来爱你现在眼前的夫人吧！

莺莺能写出这样的诗，可见她是一个通情豁达的女子。

并蒂莲花

唐代“大历才女”晁采与书生文茂的爱情故事，一直为人津津乐道。

晁采，小字试莺，出生于书香门第。她从小便与邻居书生青梅竹马，两小无猜。年纪略大后，他们不能再朝夕相处，耳鬓厮磨，但经常诗笺往来，互诉衷情。一次，文茂写了《春日寄采》四首送给晁采：

（一）

美人心共石头坚，翘首佳期空黯然。
安得千金遗侍者，一烧鹊脑绣房前。

（二）

晓来扶病镜台前，无力梳头任髻偏。
消瘦浑如江上柳，东风日日起还眠。

（三）

旭日曈曈破晓霾，遥知妆罢下芳阶。
那能化作桐花凤，一集佳人白玉钗。

（四）

孤灯才灭已三更，窗雨无声鸡又鸣。
此夜相思不成梦，空怀一梦到天明。

晁采读了诗，为文茂的痴情深深感动，竟一时无诗以对。她忽然看见旁边有些莲子，便包上几颗，让人送与文茂。文茂一看，立刻明白了晁采的心意："怜子"，不就是爱怜你吗？他高兴得手舞足蹈，手中的莲子便有一颗落进池塘。

过了些日子，池塘中开出一枝并蒂莲花，两家人得知，都觉得文茂与晁采是天生的一对，天命如此，不得违抗。于是便给两人成了亲。

婚后，夫妻俩夫唱妇随，十分幸福。但男子汉必出外谋事，文茂也要去长安了。晁采虽心中不舍得，但还是通情达理地送走丈夫，临别作诗《春日送夫之长安》相赠：

思君远别妾心愁，踏翠江边送画舟。
欲待相看迟此别，只忧红日向西流。

丈夫一别数日，晁采在家中非常想念。但长安遥远，书信难寄，她只得整日遥盼。晁采家中，养了一只白鹤，与她厮守多年，彼此心性相通，晁采为它取名叫“素素”。一日雨中，晁采思念丈夫之情愈甚，就对白鹤说：

“素素呀，过去王母娘娘的青鸾、郭绍兰的紫燕，都能为她们到远地送信，怎么你就不能呢？”白鹤竟像听懂了她的话，把脖子一探一探地，像在说：“我也行。”晁采觉得有趣，便写了两首《雨中忆夫》，系在白鹤脚上，喂足它食物，便让它飞走了。不久，它果然把诗笺送到了文茂的身边。其中有一首诗是这样的：

花笺制叶寄郎边，鱼雁往还为妾传。
并蒂莲开灵鹊报，倩郎早觅买花船。

文茂见诗，也倍加思念妻子，不久便回来与晁采团聚了。

绿珠怨

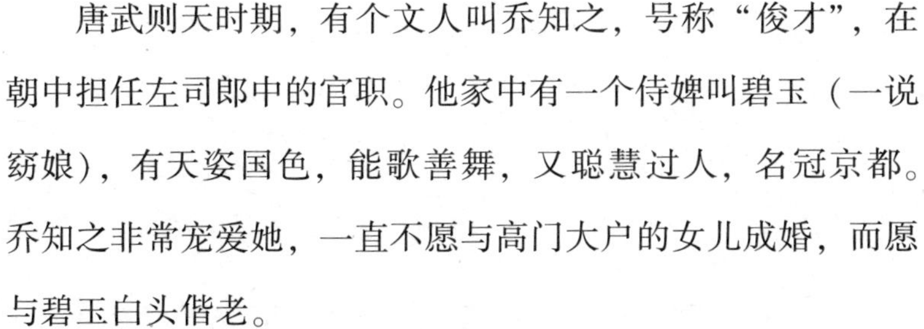

唐武则天时期，有个文人叫乔知之，号称“俊才”，在朝中担任左司郎中的官职。他家中有一个侍婢叫碧玉（一说窈娘），有天姿国色，能歌善舞，又聪慧过人，名冠京都。乔知之非常宠爱她，一直不愿与高门大户的女儿成婚，而愿与碧玉白头偕老。

有一天，周国公武承嗣忽然派人来，说想让碧玉去他府中教舞姬们梳妆。乔知之知道武承嗣是个好色之徒，家中姬妾成群，莫不是又对碧玉有什么非分之想？但武承嗣是武则天异母兄弟元爽的儿子，担任文昌左相，主管内外政事，势力显赫，自己官微势弱，怎么敢违抗呢？又听来人一再说，一定很快把碧玉送回来，乔知之只好遵命。

碧玉到了武府，才发现这是个圈套，武承嗣早对她垂涎三尺，这次骗来，岂有放还之意？碧玉白天被逼着歌舞作乐，晚上侍寝承欢，本想一死了之，又放心不下对自己情深意重的乔知之。

再说乔知之在家里左等右等，不见碧玉回来，知道受骗，后悔不已，但又不能到武府去要人。他悲痛成疾，卧床不起，在病榻上写了七言歌行《绿珠怨》：

石家金谷重新声，明珠十斛买娉婷。
此日可怜君自许，此时可喜得人情。
君家闺阁不曾难，常将歌舞借人看。
意气雄豪非分理，骄奢势力横相干。
辞君去君终不忍，徒劳掩袂伤铅粉。
百年离别在高楼，一旦红颜为君绝。

这首诗写的是晋代人石崇和绿珠的爱情悲剧：石崇，字季伦，是河阳巨富，家中盖有金谷别墅，豪华辉煌。石崇爱好歌舞，用十斛明珠买了一个歌女绿珠，十分宠爱。石崇为人豪爽，常请人来家中宴饮，欣赏歌舞，便有一个叫孙秀的豪强看上了绿珠，便强令石崇送给他。石崇势不如人，不得不告诉绿珠，两人痛哭一场。绿珠真心爱慕石崇，不愿意离开他，便梳妆一番，坠楼自杀。孙秀大怒，便在赵王面前诬陷石崇，把石崇一家满门抄斩。

乔知之借古人故事感叹自己的不幸，诗写得催人肝肠。他把这首诗抄在一块新素绢上，买通看门人，送与碧玉，表达自己的悲愤之情。谁知碧玉是个烈性女子，读罢诗后，三日痛哭不进食，尔后趁人不备，投井而死，像绿珠那样“一旦红颜为君绝”了。

武承嗣在碧玉身上发现了乔知之的诗，不由怒火冲天，找了个借口把乔知之关进监牢，于载初元年（689 年）八月把他斩首，并没收全部家产。

弄 玉

传说春秋时期，秦穆公有一个女儿叫弄玉。她容貌绝代，聪明过人，从小喜欢音乐，尤其善于吹笙。弄玉吹笙会模仿百鸟的叫声，每次她吹奏乐曲的时候，竟然都引来百鸟围绕着她。秦穆公对这个女儿爱若掌上明珠，决定为她找一个最如意的夫婿。

一天晚上，弄玉梦见一个美貌少年乘龙飞来，对她说："我是太华山的主人，玉帝命令我和你结成夫妻。"说着，从腰间解下一柄赤玉箫，徐徐吹奏起来，声音好像金钟飞鸣，十分动人。弄玉醒来，忙四处找寻，吹箫的少年不见了踪影。

从此，弄玉时时听到梦里的箫声在耳边回响，那个少年的影子也总在眼前出现。弄玉茶不思、饭不想，竟然病倒了。

秦穆公为女儿的病情很是着急，问明弄玉之后，知道女儿爱上了梦中人，便立刻派人四处寻访那“太华山主人”。后来，果然在华山的明星岩下，找到了这个翩翩少年，原来他名叫萧史，美貌俊逸，吹得一手好箫。穆公十分高兴，择良辰吉日让弄玉、萧史成亲，并盖了一座凤凰楼让他们居住。从此萧史和弄玉经常在花前月下并肩演奏优雅动听的乐曲。

后来，秦穆公梦见西天瑶池的王母娘娘对他说，请弄玉和萧史两人参加蟠桃盛会，为各方仙人奏乐助兴。果然，在宴会的前一天，天空彩云缭绕，凤凰楼左边飞来一只紫凤，右边飞来一只赤龙，于是萧史乘龙，弄玉跨凤，随着优美的乐曲腾空而去。

从此，弄玉和萧史再也没有回来。只听太华山周围的百姓说，在夜深人静的时候，他们常常可以听到从远处传来的笙箫声。

后人为了纪念他们，便称华山中峰为玉女峰，并在那里修建了玉女洞。李白游览太华山时，山上玉女峰旁玉女的洗头盆、梳妆台和凤凰亭等遗迹都还在。诗人游览了仙游寺和玉女洞，被这个优美的神话传说打动，于是便写了一首《凤台曲》诗：

尝闻秦帝女，传得凤凰声。
是日逢仙子，当时别有情。

人吹彩箫去，天借绿云迎。

曲在身不返，空余弄玉名。

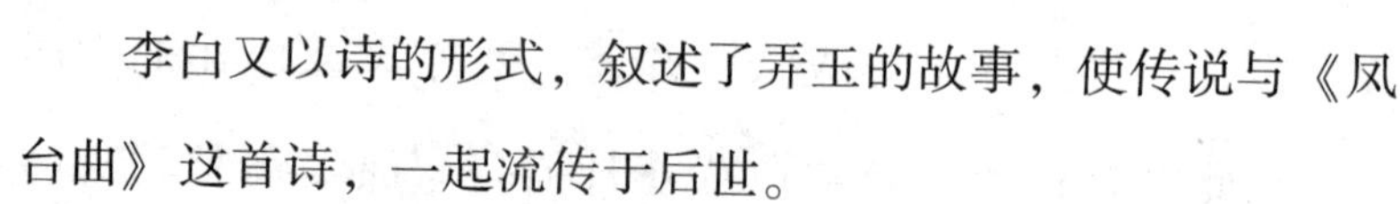

李白又以诗的形式，叙述了弄玉的故事，使传说与《凤台曲》这首诗，一起流传于后世。

章台柳

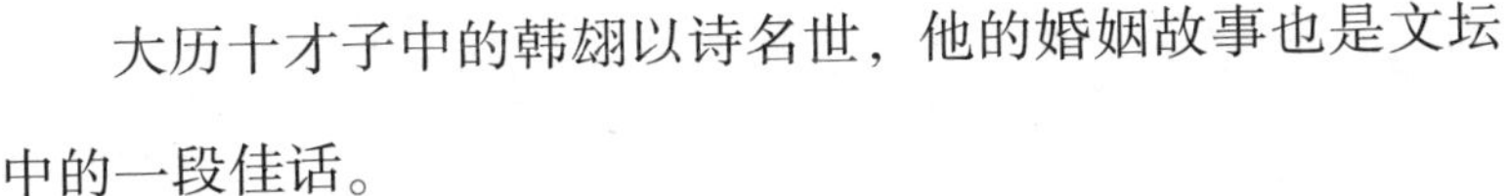

大历十才子中的韩翃以诗名世，他的婚姻故事也是文坛中的一段佳话。

韩翃年轻的时候，才华便渐渐显露。他的邻居有一家姓李的，因为喜爱他年轻有才，常常宴请他，和他关系很好。

一天，韩翃又到邻居家做客，酒宴过后，邻居唤出几位家养的歌妓，让她们唱歌助兴。其中有一位女子，相貌清丽动人，姿态优雅端庄，唱起歌来，婉转悠扬，凄清感人。韩翃听后，大为所动，被这个美丽哀婉的女子深深吸引住了。他问邻居：

“这位姑娘怎么以前没有见过呢?”

邻居告诉他说：“这个歌妓是刚刚来的，她原是个大户人家的女儿，因为家道败落，沦为酒楼卖唱的歌女，后来又为了逃避当地恶少的欺凌，逃到这里来。我看她无依无靠，就收留了她。”

韩翃听罢，又为柳氏的遭遇深深感叹起来。于是以后便常请邻居和柳氏到自己那里，又写了很多诗来让柳氏唱。柳氏也爱慕韩翃的年轻有为，两个人的感情日渐深厚起来。

邻居看到二人相爱，觉得韩翃不是久居人下的人，就把柳氏送到韩家，让他们结为夫妻。

不久，安史之乱爆发了，韩翃被征召做官，身入军旅，只好与柳氏依依惜别。这一别，就是三年。三年后，战乱稍稍平息。韩翃才得空派人寻找柳氏，并写了这样一首诗给她：

章台柳，章台柳，昔日青青今在否？
纵使长条似旧垂，亦应攀折他人手。

章台是指战国时秦宫内的楼台，台边遍植柳树。这首诗的意思是：章台边的柳枝啊！过去一片郁郁葱葱不知道现在还在吗？只怕即使是长长的枝条像过去一样低垂，也已经被别人的手攀折去了。

韩翃写这首诗，其实是在问柳氏，是否已经嫁给别人呢？

韩翃派的人终于找到了柳氏。柳氏见到诗后，情难自禁，痛哭失声。因为这时的柳氏，确实已归他人所有了。

原来，韩翃走后，他的邻居不久便在兵荒马乱中死去了。柳氏一个人无依无靠，为了避祸，便削发为尼，躲到一座庵中等待韩翃归来。谁想到，有一次她下山，被唐朝的番将沙吒利看到。沙吒利贪图美色，便派士兵把柳氏抢入府中。柳氏悲痛不已，本想一死了之，但又想着来日能再见韩翃一面，便忍辱苟生这几年。现在，终于盼到了韩翃的消息，但自己的处境又该怎么改变呢？于是，柳氏写了一首诗交给来者，让他回赠韩翃：

杨柳枝，芳菲节，所恨年年赠离别。

一叶随风忽报秋，纵使君来岂堪折！

柳氏在这首诗中，表达了自己的相思之苦和身不由己的无奈之情。诗的大意是：柳枝啊，有着高洁的节操，但令人怨恨的是每年都要为离别而伤痛（古人送别时，喜欢折柳相送）。忽而秋天来到，叶落满地，纵然是您来了，这枯枝败叶又怎么经得起攀折呢？

韩翃见到诗，相思之情更强烈了。但番将沙吒利帮唐王平定安史之乱，立下了汗马功劳，又怎么能得罪得起？

一天，韩翃出去办事，在街上忽然遇到沙吒利府中的人，拥着一乘软轿。走近的时候，轿帘一动，韩翃忽然发现，轿中坐的正是自己日夜思念的柳氏。柳氏也看到了韩翃，赶紧让轿夫走到一条僻静些的街道，走下轿来，与韩翃

相见。两个人谈到往事，都泪流不止。但韩翃怎么争得过番将呢？两人谈了半天，只好又含泪告别了。

韩翃回到府中，茶饭不思，竟然郁闷得一病不起。一天，淄青节度使侯希逸来探望他，见他长吁短叹，就追问他怎么回事，韩翃就告诉了他这件事。侯希逸听了，很同情他。但这件事确实不好办，他觉得要从长计议，不能操之过急。

不久，和韩翃同在节度使幕府的将军许俊，也来看望韩翃。许俊是个生性刚烈的人，并且武艺高强，在沙场上刀来枪往，立下了赫赫战功。他也觉得韩翃病得奇怪，一问出原因，便大为恼火。他对韩翃说："这番将欺人太甚，竟敢夺人妻室。你等着，我这就替你去夺回来。"韩翃一把没拉住，许俊已经噔噔走了。

许俊回到府中，立即佩剑骑马，也不带随从，只身冲入沙吒利府中，捉住一个小厮问清柳氏住处，到那里抢了柳氏便走。整个沙府被搅得一团糟。

那边韩翃一见许俊怒冲冲走了，知道不好，赶快派人请侯希逸来商议。侯希逸这时也无可奈何了，同时又暗暗给许俊叫好：真不愧为我的一员虎将！事情已经到了这个地步，侯希逸觉得还是先下手为强，于是即刻向皇上上表，奏明韩柳的这一段恩怨，呈请皇上旨意。

侯希逸的奏章写得很是动人，写韩翃、柳氏如何相识相恋，如何几年相思，又如何相逢而不能相聚，两首诗自然也在奏章之上。皇上看罢，被两个人的感情打动了。尤其是那两首诗，一个是深深怀恋，又忧心如炽；一个是相思如海，又哀哀怨怨，但是两人的感情是一样真挚不渝的。于是，皇上就下了这样一道诏示："沙吒利应该得到圣赐的绢两千匹作为补偿，柳氏还是该归韩氏。"

沙吒利没有想到这件事这么快就惊动了皇帝，但圣旨已下，他也只好顺水推舟，成全了韩翃与柳氏。

悔嫁金龟婿

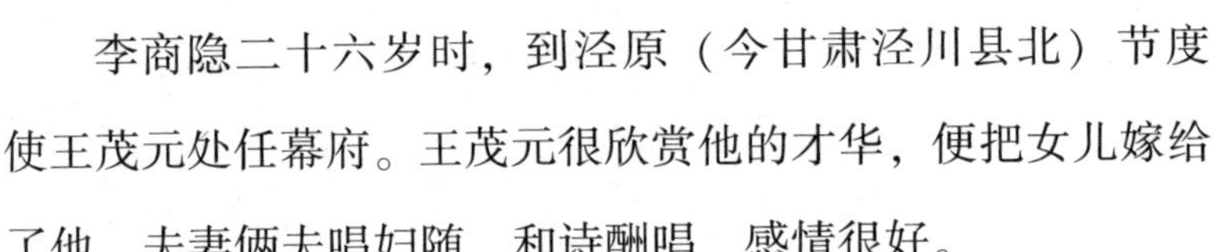

李商隐二十六岁时，到泾原（今甘肃泾川县北）节度使王茂元处任幕府。王茂元很欣赏他的才华，便把女儿嫁给了他。夫妻俩夫唱妇随，和诗酬唱，感情很好。

唐文宗死后，武宗即位，李德裕任宰相。李商隐也于会昌二年（842 年）再次入京任秘书省正字。

古时的京官，因为要早朝，每天都要天不亮就从床上爬起来。李商隐和妻子王氏过惯了相偎相依的懒散日子，忽然的变动，使王氏常常不满，每天五更天，就要一个人孤孤零零地守着黑屋子，即使贵为京官的妻子，也没有什么乐趣了。

当时，严寒的冬天已经过去了。春天的气息越来越浓。王氏也越来越不满丈夫繁忙的公务，于是有一天忍不住埋怨起来。李商隐听到妻子那充满柔情又含着泪水的怨言，也不由于心不忍，于是，作诗抒怀：

为有云屏无限娇，凤城寒尽怕春宵。

无端嫁得金龟婿，辜负香衾事早朝。

李商隐以妻子的口气，抒发了夫妻间眷恋的感情：因为云屏中有着娇艳动人的美貌，凤城冬天过去的时候就开始害怕春天的早晨。怎么就嫁了一个这样尊贵的女婿呢？抛开了香暖的被窝去侍奉君王早朝。

后人也有另一种解释，说李商隐由于多年沉沦于幕府，早出晚归，没有空闲，就像做了个金龟婿一样苦不堪言，所以作诗来自讽。这当然也说得过去。

不过诗中对女子口气的模仿，真是逼真得很，让人仿佛能看到她嫁了金龟婿的怨怅神态。

风流君子

唐朝诗人元稹，可以说是一位风流君子，他和当时的许多名妓都有往来，诗中也多男欢女爱之情。

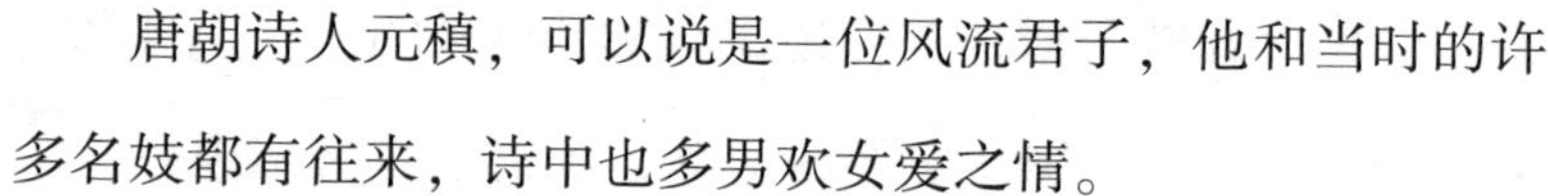

唐宪宗元和年间，元稹奉使来到西蜀，与文采绝艳、名噪一时的歌妓薛涛情投意合。后来，他回京复命，也常与薛涛寄诗互诉衷情，如下面这首：

锦江滑腻峨眉秀，幻出文君与薛涛。
言语巧偷鹦鹉舌，文章分得凤凰毛。
纷纷词客皆停笔，个个公卿欲梦刀。
别后相思隔烟水，菖蒲花发五云高。

诗中表达了元稹对薛涛的相思之情。但由于他在京卷入权位之争，一直无法顾及私事，与薛涛一别十年。

唐穆宗长庆三年（823 年）冬，元稹在同平章事（相当于副宰相）任上被撤下，改任越州（今浙江绍兴）刺史兼浙东观察史。他在杭州又遇到好友白居易，二人饮酒酬诗，好不快乐，于是准备派人入蜀迎娶薛涛。

不料，在越州有一个名叫刘采春的歌妓，虽诗才不如薛涛，但花容月貌，宛若天仙，又唱得一口好歌，嗓音婉转动人，余音绕梁不绝。元稹对她一见钟情，把薛涛抛在了脑后。

刘采春风流乖巧，知道元稹身为刺史兼浙东观察使，便极力讨好他。一日，她浓妆艳服陪元稹喝酒。元稹让她唱一首最拿手的曲子，于是，采春轻摇檀板，唱了一曲《望夫歌》：

不喜秦淮水，生憎江上船。
载儿夫婿去，经岁又经年。
借问东园柳，枯来得几年？
自无枝叶分，莫怨太阳偏。

莫作商人妇，金钗当卜钱。
朝朝江口望，错认几人船！

那年离别日，只道往桐庐。
桐庐人不见，今得广州书。

昨日胜今日，今年老去年。
黄河清有日，白发黑无缘。

昨日北风寒，牵船浦里安。
潮来打缆断，摇橹始知难。

《望夫歌》辞意真切，曲调凄苦，刘采春一唱，在座的人都不免落泪。甚至酒楼下的行人，也都感动不已。

元稹听完了《望夫歌》，便写了一首《赠采春》：

新妆巧样画双蛾，幔裹常州透额罗。
正面偷匀光滑笏，缓行轻踏破纹靴。
言辞雅措风流足，举止低回秀媚多。
更有恼人肠断处，选词能唱望夫歌。

后人论及这首诗，总认为有调情之嫌。

元稹在浙东为官的时间长达七年，但因有很多风流韵事，倒也过得快活。他曾聘诗人窦巩在门下，一起放情湖光山色，和诗酬唱，时号“兰亭绝唱”。元稹还写过两句很有奥妙的诗：

因循未归得，不是恋鲈鱼。

据说这是一次刘采春伴他宴饮时，他即兴在东武亭题的。诗中泄露了天机：不思回乡的原因，并非是贪恋美味的鲈鱼。他的同僚卢简求看到这首诗，便笑着说："元大人恐不是为了鲈鱼，而是为了镜湖春色啊！"镜湖是绍兴的名胜之处，这里以"镜湖春色"暗指越州歌妓刘采春。

唐文宗大和三年（829 年），元稹又被召回朝廷做了尚书右丞。他的诗脂粉气很浓，深受后宫嫔妃喜爱，她们还送他一个风流的绰号"元才子"。

红叶题诗

唐代著名诗人顾况，有一次和几位诗友在花园湖中泛舟。船行到紫禁城皇宫墙外时，忽然从御沟中流出一片红叶。顾况无意中捞起来一看，上面用秀丽的小楷题了一首诗：

一入深宫里，年年不见春。
聊题一片叶，寄与有情人。

这首诗显然是宫女所作，她用诗抒发了自己寂寞苦闷的心情：一进到深深的宫墙内，年年看都看不到美好的春光，姑且题诗在这片红叶上，希望能落到有情有义的人手中。

顾况见了诗，不禁深深同情起作诗的宫女，他把红叶珍藏在装书的小竹箱里，经常吟咏把玩，思念那位作诗人。后来，竟因过分想恋而日渐消瘦。

朋友们见他这样，都笑他是个“有情人”，同时，也尽力帮他打听，题诗的人究竟是哪位。

后来，一位朋友打听到，宫中有个宫女叫韩翠屏，喜欢吟诗，又爱红叶成癖，一定是她题的红叶诗。

顾况听了，心情立刻好多了。朋友笑他说：“你怎么这样迂腐！那位题红叶的人，并没有着意于你，你不过偶然拾到，就这么痴情。再说，人家在深宫帝苑，你总不至生翅膀飞进去吧？”

顾况说：“我相信这是缘分。我一捡到这片红叶，读了上面的诗，就觉得与它不能分开了。我想，只要心诚，就会有如愿的一天。”

后来，顾况经常到皇宫外的御沟附近徘徊，想再捡到韩翠屏的红叶，但一直没有。他想，自己何不题片红叶给她呢？

于是顾况准备了一片鲜红的枫叶，在上面题诗一首：

花落深宫莺亦怨，上阳宫女断肠时。
帝城不禁东流水，叶上题诗寄阿谁？

这首诗表达作者对宫女的同情和爱慕：娇艳的花儿落入深宫连黄莺也会怨恨，上阳宫的宫女们曾经为自己的命运而痛苦，好在帝王的都城不会阻止这东流水，我在叶上题的诗

不知会落到谁的手中？

诗写好后，顾况绕过宫墙，走到御河的上游，把枫叶轻轻放在流水中。

却说宫女韩翠屏，自从进了深宫，整天百无聊赖，苦度时光。她经常在御河边流连，感叹自己的青春像这河水一样飞快流逝。这天，她正在御河边闲坐，忽然发现河面上有一片红叶，光彩灿然，仿佛有黑迹。她忽然想起自己前些日子闲极无聊，在一片红叶上写过诗，把它放在河里希望能漂出去。想到这儿，她忙用树枝把红叶捞上来。

韩翠屏读了红叶上的诗，非常激动，真是天公有眼，真的遇上一位有情人。于是她又写诗在红叶上：

一叶题诗出禁城，谁人酬合独含情。
自嗟不及波中叶，荡漾乘春取次行。

诗中流露了对和诗人的感激和对自己命运的怨艾：一片题诗的红叶流出紫禁城，是谁这样情真意切地来与我应和？我自叹还不如那水中的叶子，它还能趁着大好春风随波荡漾出深宫呢！

自此后，他们虽不能相见，但彼此却已深深相恋。

后来，顾况多次参加考试，都没有中榜。自此，他再也无意于功名，便依托于河中府人韩泳，在他门下干些文字工作以维生。这样十年很快过去了。

一天，韩泳请顾况进内，对他说："皇帝最近遣散一批宫女，其中一位韩氏是我的同姓，来投奔我，她年方二十七岁，姿容艳美。你至今尚未娶妻，我与你们结秦晋之好怎么样？"

顾况拜谢说："我不过是个贫困书生，寄食大人门下，现在又蒙大人看重，还敢有什么奢望？全凭大人做主。"

韩泳便做媒，并资助顾况备下聘礼，迎娶了韩氏。

新婚之夜，顾况见新人貌美端庄，自然满心欢喜。但想起自己一直念念不忘的那个宫女，又有些遗憾，于是悄悄再把红叶拿出赏玩一遍，微微叹了口气。

恰好，韩氏卸妆过来看见，一时惊讶得连声问："这是我在宫中题写的诗句，你怎么得到的？"顾况听完大喜过望，才知道眼前的佳人正是自己思念多年的题诗宫女。两人各拿出自己珍藏的题诗红叶，互诉相思之情。新婚之夜，欢爱无比。

第二天，韩泳设宴招待新婚夫妇，并和他们开玩笑说："你们二位今天可要好好谢我这个大媒人了！"

顾况笑着说："我们夫妻的这段姻缘，可不是韩大人做的媒，是红叶做的媒。"

韩泳问："这怎么说呢？"

顾况于是提笔赋诗一首：

一联佳句随流水，十载忧思满素怀。
今日却成鸾凤友，方知红叶是良媒。

韩大人和众人看了，一齐称奇。这件事很快传遍全国，听到的人没有不感叹的。当时的宰相张浚还曾写下一首诗：

长安百万户，御水日东注。
水上有红叶，子独得佳句。
子复题脱叶，流入宫中去。
深宫千万人，叶归韩氏处。
出宫三十人，韩氏籍中数。
回首谢君恩，泪洒胭脂雨。
寓居贵人家，方与子相遇。
通媒六礼具，百岁为夫妇。
儿女满眼前，青紫[①]盈门户。
兹事自古无，可以传千古。

① 青紫：唐代官服的颜色。此处喻为贵官。

诗人同咏湘妃竹

晚唐诗人高骈曾写过一首七绝，题为《湘浦曲》。诗中写道：

虞帝南巡去不还，二妃幽怨水云间。
当时血泪知多少！直到而今竹尚斑。

诗人在这里讲述了一个有关竹子的美丽传说。全诗大意是：舜帝（舜的祖先封地在虞，故也称虞舜，虞帝即舜帝）到南方巡游再也没有回来，湘江洞庭的水云之间，迷散着二妃的幽怨之声。当时也不知她们流了多少泪，直到现在的湘妃竹上还是血泪斑斑。

传说古代舜帝有两个美丽的妃子，一个叫娥皇，一个叫女英，她们的感情很好。一次，舜到南方巡视，一去而不复回，归来的人说他已死在苍梧（今湖南宁远县南）。二妃痛

不欲生，赶到洞庭湖畔痛哭，泪水流尽继之以血，洒在四周的竹子上，便有了血泪斑斑的痕迹。人们为了纪念二妃，故名之曰“湘妃竹”（又名斑竹）。二妃后来投水自尽，成为水神，名曰湘君和湘夫人。现在的洞庭山上，据说还有二妃的坟墓。在洞庭湖畔，古人还修建了“黄陵庙”，又名“湘夫人祠”，用以供奉湘水女神湘君和湘夫人。

在后人的诗文中，二妃的传说常被用作典故以寄寓诗人的情感。唐宪宗元和年间，诗人施肩吾写了一首咏湘妃竹的五绝，题名《湘竹词》：

万古湘江竹，无穷奈怨何。
年年长春笋，只是泪痕多。

晚唐诗人杜牧也曾写过一首七绝《斑竹筒簟》，描述用湘妃竹编织的竹席。诗中写道：

血染斑斑成锦纹，昔年遗恨至今存。
分明知是湘妃泣，何忍将身卧泪痕？

诗的意思是：斑竹席上的斑斑血痕，都像是锦绣花纹，当年悼念舜帝的悲痛至今还看得见，明明知道这是二妃的眼泪，怎么忍心睡在这泪痕上呢？

宫闱

太宗谋取《兰亭序》

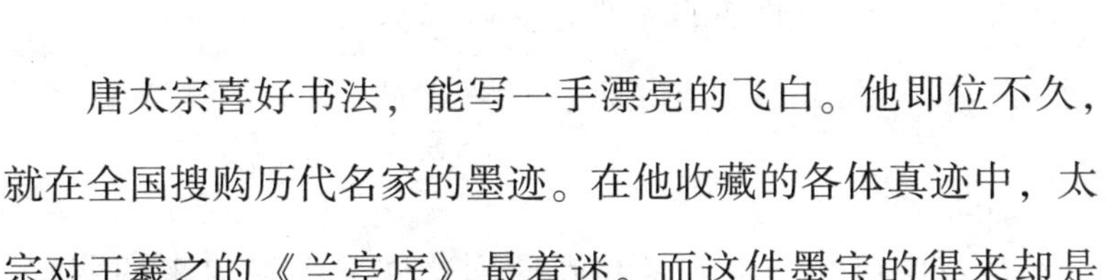

唐太宗喜好书法，能写一手漂亮的飞白。他即位不久，就在全国搜购历代名家的墨迹。在他收藏的各体真迹中，太宗对王羲之的《兰亭序》最着迷。而这件墨宝的得来却是很不容易的，为此太宗曾费尽了心思。

贞观年间，太宗经多方打听后才了解到，王羲之本人对《兰亭序》也极为珍视，当作传家宝留给子孙，传至第七代孙为僧人智永，也是位大书法家。智永年近百岁去世时，将珍藏的《兰亭序》交给弟子辨才保存。于是，太宗三次将辨才召进皇宫，愿出重赏要他献出《兰亭序》，辨才总推说在战乱中早已遗失，下落不明，太宗对此也无办法。

不久，在辨才主持的寺院越州（今浙江绍兴）永钦寺中，来了一位潦倒的穷书生，沿着庙里的长廊观赏壁画。辨才见书生很有才气，便上前与他搭话。书生说他是北方人，带了一些蚕种来卖，路上顺便参拜一下所遇寺庙。辨才和他

谈了一会儿，话很投机，于是请他到里边坐，畅谈琴棋书画，很是开心。后来，辨才留书生在寺中住宿，并请他饮酒。酒酣时，二人分韵赋诗为乐。辨才摸了一个“来”字韵，于是吟诗道：

初酝一缸开，新知万里来。
披云同落寞，步月共徘徊。
夜久孤琴思，风长旅雁哀。
非君有秘术，谁照不燃灰？

从诗中可知，辨才老和尚遇到这样一个谈得来的朋友，兴致是很高的。

书生摸了一个“招”字韵，于是吟了这样一首诗：

邂逅款良宵，殷勤荷胜招。
弥天俄若旧，初地岂成遥。
酒蚁倾还泛，心猿躁似调。
谁怜失群雁，长苦业风飘。

书生有感于与老僧的邂逅，抒发了自己落魄的感伤之情。二人接下来谈了一宵，第二天临别时辨才请书生常来寺院叙谈。

此后，书生便成了老僧的常客，二人的感情很是融洽。一次，书生提及书法之道，他说自己曾学过二王（指王羲之和王献之）的楷书，随身还带着二王的几份墨迹。辨才一听，正投自己所好，忙要书生拿来共同欣赏。辨才细细地端详着那几份墨迹，满在行地说道："果然是二王的真迹，可惜还不是上品。我有一份真迹，很不同寻常。"书生问道："不知您珍藏的是什么帖？"辨才说："兰亭序帖。"书生有些吃惊，笑着说道："据说兰亭序真迹早已失传，您大概是拓出来的吧？"辨才说："我师傅智永珍藏多年，临终时亲手转赠于我，明天你可一饱眼福。"

第二天，书生见到老僧珍藏的《兰亭序》，书生还是说它不是真迹，争论一番后，辨才将《兰亭序》连同书生拿来的二王墨迹都放在书桌上，他告诉书生自己每天要临此帖数次。

不久，辨才有事出门，书生一个人来到他的书房中，将《兰亭序》及自己带来的二王字帖统统拿走。然后来到地方长官处，从怀中掏出一道圣旨，原来这位书生是御史萧翼装扮的，奉旨前来收取《兰亭序》。于是立即召来辩才道明此事，老和尚一听，当即昏倒在地。

其实，这是唐太宗和宰相房玄龄定下的骗取《兰亭序》真迹的计谋。唐太宗拿到《兰亭序》后，万分喜悦，重赏房玄龄、萧翼和辨才和尚。可老和尚哪肯受此赏金，只是觉

得有愧师父的遗托，为此染病，一年后便去世了。

太宗谋得《兰亭序》真迹，如获至宝，将其视为皇家珍品。贞观二十三年太宗临死时，他还留下了最后的遗言："我要将《兰亭序》带走。"就这样，在太宗死后，珍贵的《兰亭序》真迹自然地成了不可缺少的殉葬品。

玄宗感怀“雨霖铃”

贵妃死后，玄宗悲痛不已，日夜思念，同时又仓皇南逃。在进入四川时，正好遇到下雨，久久不停，玄宗一行只好冒雨前行。

四川多山路，山路之上开有栈道，在栈道最险处，道旁有铁索供人攀扶。铁索上挂了些铃铛，人手一扶，叮当作响，便于行人前后照应。

玄宗在大雨中，听到远处栈道之上，铃声叮当不绝，凄清感人，于是倍加思念贵妃。他精通音律，便作了一首乐曲《雨霖铃》寄托自己的哀思。当时，梨园乐工张徽正在玄宗身边。张徽是当时著名的演奏家，擅长吹觱篥，随玄宗一起出逃。玄宗便把《雨霖铃》曲教给他。回到长安后，玄宗经常叫来张徽，让他演奏这首曲子，听后不免又想起往事，常常泪流满面。

唐代诗人张祜，写了一首名为《雨霖铃》的七绝来感

叹此事：

雨霖铃夜却归秦，犹见张徽一曲新。
长说上皇和泪教，月明南内更无人。

诗的意思是：在一个夜雨霖铃的夜晚，皇上返回长安，乐工张徽带来了《雨霖铃》这首新曲子，他经常说这是玄宗含着眼泪亲自教给他的。在皇上住的长庆宫中演奏，月光明亮，但屋内却寂静没有故人。

后来，“雨铃霖”成为一个词牌，凡以它为词牌作的词，大都凄切哀婉，忧伤感人。

寿王独醒

李商隐有一首七绝《龙池》是这样写的：

龙池赐酒敞云屏，羯鼓声高众乐停。
夜半宴归宫漏永，薛王沉醉寿王醒。

诗中写了唐玄宗在龙池举行宴会的事。龙池在兴庆宫内，是玄宗与后妃诸王宴游的地方。诗中说：玄宗在龙池敞开云屏赐酒宴饮，宴会上羯鼓的声音高亢，使别的乐器都停了下来。夜半时诸王散席归来，薛王喝得大醉沉沉睡去，寿王却彻夜不眠，听着宫中无穷尽的漏壶滴水声。

薛王是玄宗的侄子李涓，寿王是玄宗的儿子李瑁。为什么薛王沉醉寿王醒呢？这要从杨贵妃进宫说起。

杨贵妃，小字玉环，蒲州永乐（今山西芮城西南）人，开元二十三年十六岁时，被册封为寿王李瑁的妃子。

这时唐玄宗已经做了三十年的太平皇帝，对国家大事早没了兴趣，一心贪图享乐。他宫中虽有后妃上千，却仍不满意，派人四处探求美女。高力士便向玄宗推荐杨贵妃，玄宗偶然一见，立刻着了迷，但这是自己的儿媳妇，总不能直接召进宫吧！

于是，开元二十八年，玄宗让杨玉环当了女道士，住在太真宫，道号太真。六年后，即天宝四年，为寿王娶了左卫中郎将韦昭训的女儿后，才在凤凰园册封杨玉环为贵妃。但这一套掩人耳目的把戏，还是遭到了后人的讽刺，例如李商隐的那首《龙池》。

诗中写的“寿王醒”，就是在暗示：寿王在宴会上见到了自己被巧妙夺走的妻子杨玉环，所以才会彻夜不眠。

玄宗感怀

安史之乱爆发后，长安形势很紧张，玄宗心中整天烦闷。有一天，他登上了建在兴庆宫西南角的“花萼相辉楼”，为了解闷，命令楼前擅长水调的乐工奏乐唱歌。于是乐队唱起了李峤的《汾阴行》，唱到最后四句：

山川满目泪沾衣，富贵荣华能几时？
不见如今汾水上，唯有年年秋雁飞。

这首诗的最后两句，用了这样一个典故：西汉时，汉武帝到河东（今山西一带），在祭祀了后土之神后，乘船在汾水上游览。当时秋风萧瑟，景色宜人。武帝很高兴，亲自写了一首《秋风辞》，其中有“秋风起兮白云飞，草木黄落兮雁南归”的句子。

李峤这首《汾阴行》最后四句的意思是：遥望着满目

锦绣河山，不由得泪湿衣襟，人生的荣华富贵能保持多久呢？你看那昔日武帝踌躇满志游览过的汾水上，只剩下秋雁每年低低徘徊罢了！

玄宗听罢，不由得想起自己开创过的“开元盛世”局面，那时国泰民安，自己则日日笙歌。现在人将老去，又有战乱不断，真是今非昔比，人世间的荣辱无法预料啊！想到这儿，玄宗不禁流下了眼泪。

过了一会儿，玄宗问周围的人说：“这首诗是谁写的？”回答说是武则天时的宰相李峤。玄宗叹了口气说：“李峤是个才子啊！”没等乐曲奏完，玄宗就默默离开了。

后来，安禄山兵临长安，玄宗仓皇出逃。在路上，他依依不舍地回头望着自己的都城，昔日纵情声色，今天却像丧家之犬！玄宗长叹一声，又想起那天在花萼楼听的李峤的诗，忍不住又对身边的高力士说：“李峤真是个难得的才子啊！”说罢又感慨地落下泪来。

傀儡吟

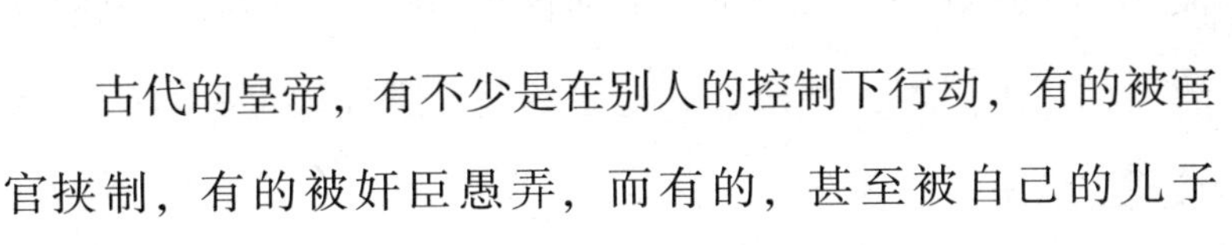

古代的皇帝，有不少是在别人的控制下行动，有的被宦官挟制，有的被奸臣愚弄，而有的，甚至被自己的儿子操纵。

老年唐玄宗就是他儿子肃宗把持的一个傀儡。

马嵬驿兵变之后，玄宗被迫杀了杨贵妃，准备继续逃亡。这时长安一些父老拦住马头对玄宗说："长安的宫阙是陛下的家，那里有列祖列宗的坟墓，您怎么能抛弃掉？请陛下留下，率领我们保护家乡吧！"但玄宗那时已七十一岁，满头白发，一心想逃命，在百姓的挽留下只好将太子李亨留下主持大事，自己逃到成都去了。

太子李亨于是在灵武（治今宁夏平罗西南）自封皇帝，即唐肃宗。玄宗知道后也没办法，只好派人把传国玉玺（皇帝的印章）送到灵武去，承认李亨是皇帝，自己则当了有名无实的太上皇。

一年多后，长安收复，玄宗从成都回来，仍住在兴庆宫。

兴庆宫内有一座长庆楼，楼南是大路。长安父老从楼下过时，都先朝楼行大礼后才走，表示他们忘不了玄宗统治时代的“开元盛世”。

肃宗听说这事，暗暗不满。他手下的一个亲信宦官李辅国，看出了肃宗的心思，就假传圣旨说皇帝请太上皇迁居太极宫。玄宗只好骑马迁居，走到睿武门时，突然有手执武器的五百兵士挡道，吓得玄宗几乎落马，李辅国也领着数十骑来到，情况很是紧张。

幸好，玄宗侍从高力士很有胆量，叫道：“太上皇问将士们好，应该放下武器呼万岁！”士兵们毕竟害怕玄宗的威仪，都放下武器行礼。高力士又对李辅国说：“太上皇命你牵马相送。”李辅国也不敢太放肆，于是牵马送玄宗到西内，住在甘露殿。

李辅国假传圣旨，唐肃宗不仅没有惩罚他，反而升他当上了兵部尚书。

玄宗被迫迁到太极宫后，整天闷闷不乐，经常吟咏梁锃写的（一说玄宗自作）《傀儡吟》：

刻木牵丝作老翁，鸡皮鹤发与真同。

须臾弄罢寂无事，还似人生一梦中。

这首诗的意思是：用木头刻成老翁，上面系上提线演木偶戏。老翁鸡皮鹤发，刻得和真的一样。等会儿演完戏摆弄完了将它一扔就算了，让它独自寂寞地躺在那里。这人生也和演戏一样像做了一场大梦。

后来，肃宗又找借口把玄宗的亲信高力士、陈玄礼等发配到边远地方，只留下玄宗孤单一人。玄宗气愤地以绝食来抗议，因此染上疾病，不久就在思念过去的痛苦心情中去世了。

回波辞

有一次，唐中宗举行盛大宴会。宫廷的乐工们奏起音乐，舞女们跳起了新排的回波舞。这种舞跳起来十分好看，挥舞的彩袖像水波一样飘来荡去。唐中宗看得兴致大发，于是命令百官，每人吟一首《回波辞》来助兴。

百官中有个叫沈佺期的，是个有名的诗人，因为以前得罪了皇上，被流放到江南。现在刚刚被赦免回到长安，但还没有官复原职，所以大官们穿的绯袍（红袍）还没能穿上。沈佺期于是立刻站起来吟道：

回波尔如佺期，流向岭外生归。
身名幸蒙齿录，袍笏未复牙绯。

意思是说：《回波辞》唱我沈佺期，被流放到岭南，幸而能活着回来。虽蒙皇恩仍然做朝官，但没有官复原职穿不上绯袍。

中宗看他吟得这么快，心里一高兴，就恢复了他的官职。接着有一个乐工臧奉向中宗说："我也作出一首《回波辞》，愿意唱出助兴。"于是他吟道：

回波尔如栲栳，怕妇也是大好。
外边只有裴谈，内里无过李老。

这首诗的意思是：《回波辞》唱得震天响，怕老婆也是大好事，外边怕老婆的要数大臣裴谈，皇宫里怕老婆的莫过于皇帝李老。那时，皇后韦氏一直干预国政，并且与女儿安乐公主、武三思等勾结在一起，把朝廷搞得一塌糊涂。中宗是个懦弱的人，并且以前被武则天废为庐陵王、流放在房州，那时韦后经常劝慰他。他曾对韦后发誓说："如果我有翻身之日，一定让你想干什么就干什么，绝不管你。"因此，中宗复位后，渐渐成为一个傀儡。

听了臧奉的诗，韦后得意扬扬，中宗也只好哈哈笑几声，但也无可奈何。宫廷里的人都知道其中内情，因此也都大笑起来。宫廷之上笑成一团，没个正经样子。这时，惹恼了谏议大夫李景伯，他觉得这样简直太不像话了，也向中宗献《回波辞》一首：

回波尔如酒卮，微臣职在箴规。

侍宴不过三爵，喧哗或恐非仪。

诗的意思是：手拿酒杯唱《回波辞》，老臣的职责是劝戒规谏皇上。按规定百官陪皇帝喝酒不能超过三杯，在宫廷上喧哗笑闹恐怕是不合礼仪的。于是中宗结束了宴会。

会后，韦后立即命人赏赐臧奉。

从这几首《回波辞》我们可以了解到，皇宫中的矛盾是多么复杂。皇帝可以凭一时高兴任免大臣的官职，但又必须忍受一个乐工拿自己来开玩笑。

王建与宦官

唐代诗人王建与大宦官王守澄是同宗，虽说有此亲缘关系，可王建对当时的宦官专权也是深为不满的。

王建曾当过渭南县尉。一次他应邀到王守澄处喝酒。酒过三巡，醉意甚浓，王建居然在这位专权的宦官面前谈起东汉灵帝信任宦官，兴起了残害正直大臣之风，最后导致了东汉的覆亡。王守澄听后自然是十分恼怒，便威胁王建说："老弟你写了大量的宫词，在外面广为流传，可那些诗中写的都是宫中有关皇帝的秘事，这将作何解释？"王建心想，那些见不得人的事还不是你亲口告诉我的？如今却又反咬一口，难道想加害于我不成？

此后，王守澄准备上奏皇帝，说王建私自在诗中言说宫闱秘事，要皇上严厉惩办。王建对此早有所防，当他知道王守澄要上奏皇上加害自己时，抢先写了一首《赠王枢密》的诗送与王守澄，劝他三思而后行。诗中写道：

三朝行坐镇相随，今上春宫见小时。
脱下御衣先赐著，进来龙马每教骑。
长承密旨归家少，独奏边机出殿迟。
不是当家频向说，九重争得外人知。

王守澄看了这首诗后，气上加气，可他却不敢再向皇帝呈报王建写宫廷秘事的“罪状”了。这里王建很巧妙地反戈一击，说这些秘事都是听你王守澄说的，使这位善于陷害他人的宦官头子无话可说，有口难辩了。

无云而雨诗

五代时的梁太祖朱温，为人暴烈凶狠，左右的人见了他都不寒而栗。

一天，唐末诗人杜荀鹤觐见他，坐下谈了几句之后，梁太祖抬头看了看外面的石阶，对左右说："好像有雨点落下来了。"于是命人出去一看，果然是的。然而当时晴空万里，红日当头，雨点又落得很急，滴在石阶上啪啪直响。

梁太祖对杜荀鹤说："你这个秀才见过'无云而雨'这种现象吗?"

杜荀鹤说："没有见过。"

梁太祖笑着说："'无云而雨'，那就是天在哭呢!"于是命令左右拿纸笔来，要杜荀鹤写一首"无云而雨"诗。

杜荀鹤本来就畏惧梁太祖，生怕他时喜时怒而祸及自己，于是惶惶然拿起笔来，不敢怠慢，立即写成一首七绝。

同是乾坤事不同，雨丝飞洒日轮中。

若教阴朗都相似，怎表梁王造化功。

这是一首阿谀奉承的诗，诗的意思是：

同在一个乾坤中却发生着不同的事，雨丝在红日下飞洒，如果天气的阴晴都和以往一样，怎么能表示出梁王不同凡响的功劳呢？

梁太祖一见，自然满心欢喜，马上召集宾客宴饮，庆贺自己的“造化功”。

四 诗艺

狐狗猫鼠之力

晚唐诗人卢延让，因家境十分贫困，连进见上官的贽礼都拿不出，因此做了大半辈子的布衣百姓。

后来，一个偶然的机会，曾经做过翰林学士的吴融从别人手里见到了卢延让的一百多首诗，其中有不少警句，如：

> 两三条电欲为雨，七八个星犹在天。
> 高僧解语牙无水，老鹤能飞骨有风。
> 云间闹铎骑骡去，雪里残骸虎拽来。
> 树上谘诹批䴗鸟，窗间壁驳叩头虫。

吴融看后，惊叹不已：“这些诗风格独特，绝没有蹈前人覆辙，真是不同寻常，此人一定会名传天下的。记得过去我在翰林院时，皇上曾引用过他的一句诗‘臂鹰健卒横毡帽，骑马佳人卷画衫’，虽然诗义浅显，但自成一家，今天

又见这许多佳句，真令人佩服啊！”

于是，吴融便对卢延让以礼相待，在生活上常常资助，并向上级推荐他。

终于，卢延让的异才受到了主考官的赏识，他在第二十五次考进士时登第。他试卷中的许多诗句备受推崇。右仆射张浚非常赞赏这两句：

狐冲官道过，狗触店门开。

荆南留后成讷则对这两句欣赏不已：

饿猫临鼠穴，馋犬舐鱼砧。

五代时期前蜀开国主王建，青睐的是这样两句：

栗爆烧毡破，猫跳触鼎翻。

卢延让做官以后，经常万分感慨地对人说：“我这一辈子都在努力使公卿赏识，没想到最终竟得力于‘狐狗猫鼠’。”

自然，这番话是卢延让对自己半生怀才不遇的感慨，并不是对自己这些诗的否定。其实，他的这些诗的确独具一格，他擅长对动物进行传神的描写，捕捉动物的神态，配合生活中的琐屑之物，进行白描的勾勒，使动物的形神状态毕现于诗中。

不废江河万古流

初唐四杰——王勃、杨炯、卢照邻、骆宾王不但能诗，而且骈文写得很好。王勃的《滕王阁序》、骆宾王的《讨武曌檄》，都是脍炙人口的名篇。他们冲破了六朝贵族文学的那种浮靡之风的束缚，采用新的体裁、风格，为当时的文坛注入了新鲜的活力。而这股清新的气息被一些无聊的文人弄得污浊不堪，他们写文章来反对讥笑，甚至是谩骂这种活泼生动的文风。

当时，杜甫很看不惯那些无聊文人的做法，为王杨卢骆四人鸣不平。有一次，他作《戏为六绝句》来表明自己的鲜明态度，诗中写道：

王杨卢骆当时体，轻薄为文哂未休。
尔曹身与名俱灭，不废江河万古流。

意思是说，王勃、杨炯、卢照邻和骆宾王开创了一代诗词的文体，你们这些浅薄的文人在今天可以喋喋不休地对此讥笑，可当你们这些反对变革的人身败名裂之后，那四位诗人的文章，将像长江黄河一样万古长流，生生不息。

事实胜于雄辩，初唐四杰以他们不朽的名篇而流传后世。正如杜甫所预言的，王勃、杨炯、卢照邻和骆宾王的文章是流传千秋、永垂不朽的。

一字之师

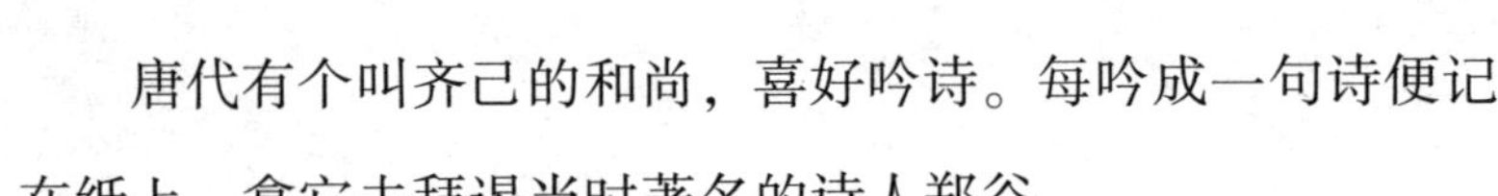

唐代有个叫齐己的和尚，喜好吟诗。每吟成一句诗便记在纸上，拿它去拜谒当时著名的诗人郑谷。

一次，他写的诗中有这样两句：“自封修药院，别下着僧床。”郑谷看后，对他说：“这两句诗中，你最好改动一字以合诗意。”齐己回去后，经过几天的苦思冥想，最后将这两句诗改为：“自封修药院，别扫着僧床。”然后又去见郑谷，诗人读罢说：“改得很合题意。”

还有一次，齐己写了一首咏早梅的诗，其中一句这样写道：“昨夜数枝开。”郑谷看后说：“既是早梅，数枝则无早之意，何不用‘一枝’更切题。”齐己欣然接受了他的建议，改作“昨夜一枝开”。诗友们听齐己提及此诗，都连连称道：“改得好，改得妙！”

后来，大家都称郑谷是齐己的一字之师。

一字千金

初唐诗人王勃于公元675年从京都来到了南昌。当时，他的生活比较穷困，所迫无奈，常为生计而奔波。

这年重阳节，洪州牧阎伯屿在滕王阁大摆宴席，邀请远近文人学士为滕王阁题诗作序，王勃自然是其中宾客。在宴会中，王勃写下了著名的《滕王阁序》，接下来写了序诗：

闲云潭影日悠悠，物换星移几度秋。
阁中帝子今何在？槛外长江□自流。

诗中王勃故意空了一字，然后把序文呈上阎伯屿，便起身告辞。

阎大人看了王勃的序文，正要发表溢美之词，却发现后句诗空了一个字，便觉奇怪。旁观的文人学士们你一言我一语，对此发表各自的高见，这个说，一定是“水”字；那

个说，应该是“独”字。阎大人听了都觉得不能让人满意，怪他们全在胡猜，非作者原意。于是，命人快马追赶王勃，请他把落了的字补上来。

待来人追到王勃后，他的随从说道：“我家公子有言，一字值千金。望阎大人海涵。”

来人返回将此话转告了阎伯屿，大人心里暗想：“此人分明是在敲诈本官，可气！”又一转念：“怎么说也不能让一个字空着，不如随他的愿，这样本官也落个礼贤下士的好名声。”于是便命人备好纹银千两，亲自率众文人学士，赶到王勃住处。王勃接过银子故作惊讶：“何劳大人下问，晚生岂敢空字？”

大家听了只觉得不知其意，有人问道：“那所空之处该当何解？”王勃笑道：“空者，空也。阁中帝子今何在？槛外长江空自流。”

大家听后一致称妙，阎大人也意味深长地说：“一字千金，不愧为当今奇才……”

此后一段时期，诗人不至于为生计所迫、终日奔波操劳了，闲暇时还可读书吟诗，于是，日子也好过多了。

白居易改诗

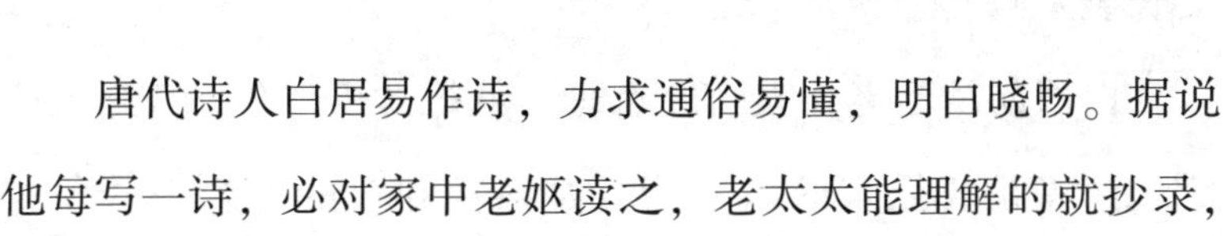

唐代诗人白居易作诗，力求通俗易懂，明白晓畅。据说他每写一诗，必对家中老妪读之，老太太能理解的就抄录，不明白的就改写。

有一次，他写了一首《新制绫袄成感而有咏》，将其中几句念给老仆人听：

> 百姓多寒无可救，一身独暖亦何情！
> 心中为念农桑苦，耳里如闻饥冻声。
> 安得大裘长万丈？与君都盖洛阳城！

老人听罢说，你说的我都明白，只是“安得大裘长万丈”中的“安”字，我寻思着还是改一改好。白居易问老人其中有何道理，老人又说，你过去写过这样的句子：

道州民，老者幼者何欣欣！
父兄子弟始相保，从此得作良人身。
道州民，民到于今受其赐，
欲说使君先下泪，仍恐儿孙忘使君。

老人接下来说，道州刺史元结是位百姓忘不了的好官，给大伙盖房子，教育官吏们不要欺压百姓，道州不就有了万丈长裘了吗？

白居易认为老仆人言之有理，就把“安”字改为“争”字。意思是要做官的以“为百姓谋福利”的思想去“争得大裘长万丈”。

李白求师

诗仙李白为后世留下了许多奇闻佳话，其中还有一段晚年求师的趣事。

一日，诗人在山里的一家小酒店里饮酒赏景，正欲吟诗寄情，只听得有人朗朗有声：

负薪朝出卖，沽酒日西归。

借问家何处？穿云入翠微！

李白很是吃惊，追出门去，只见一位砍柴老人走在街头的小桥上，虽然步履踉跄，可诗人怎么也赶不上。微风吹来，老人满头的银发在身后飘洒，像远处的山雾一样，可望而不可及。

追上小桥，穿过竹林，李白跑得大汗淋漓，气喘吁吁，定睛一看，老人早已无影无踪。李白顿足长叹：“老者诗才

高超，当欲求教，如今失之交臂，可惜，可惜！”

后来，李白多方打听，寻遍山野，终于在一片苍翠茂密的山林中找到了老者。从此，他早出晚归，人们经常看到李白和这位老翁坐在溪边的大青石上，对饮叙谈，吟诗论道。

意尽辄止

唐代诗人祖咏是一位很有才华的学子。据说他在参加科举考试时，摊开卷子，发现试题是《终南山望余雪》，按要求必须写一首五言六韵的排律。祖咏稍作思考，挥笔写道：

终南阴岭秀，积雪浮云端。
林表明霁色，城中增暮寒。

其他考生还在伏案思索时，祖咏就交了卷。

事后，旁人问他："你怎么只写四句就停笔交卷，不合要求，就不怕科举落第?"祖咏回答道："意已尽矣。"

正如诗人所说，这四句诗确实凝练地传达了题意。从诗中我们可以看出，终南山高高地耸立着，北面的雪山仿佛已插入云端。远望那片森林，雪后初晴的景色煞是迷人，而暮色中的长安城中却因雪化而更添寒意。读罢全诗，一幅绝妙的《终南雪霁图》便呈现于我们眼前。

桃花四月依旧开

唐代诗人白居易写过一首《大林寺桃花》诗：

人间四月芳菲尽，山寺桃花始盛开。
长恨春归无觅处，不知转入此中来。

流传至宋代，当时著名的科学家、文学家沈括读到此诗时，不禁诧异，并用带有讥讽的口气说：“既然是‘人间四月芳菲尽’，怎么又‘山寺桃花始盛开’？岂不自相矛盾？真是智者千虑必有一失啊！”感叹之后，也把这事搁到脑后了。

有一年初夏，沈括到一座山上考察，却见到了一番想不到的景象。时令正值四月，在山下众花凋谢，芳菲尽歇。但当他登上山顶，走进寺院时，却看到桃花红艳，满园春色。此时，他不禁想起白居易的诗句：“人间四月芳菲尽，山寺桃花始盛开。”不由满脸愧色，又禁不住感叹道：“白乐天写的正是此景，实在是妙笔啊！”

在欣赏白居易的诗时，沈括以科学家的实证态度来评判诗人的作品，这也算得上是一种职业习惯。当然，诗歌自有其艺术特征，有时也是不同常理的，就如李白的“白发三千丈”一样，我们是无法将其改为“白发三寸长”的。

北岸无猿

朝辞白帝彩云间，千里江陵一日还。

两岸猿声啼不住，轻舟已过万重山。

大诗人李白的这首《早发白帝城》是流传千古的名句。可清代一位钻于考据的儒生却对这首诗有所怀疑。这天，他兴冲冲地跑到了老师家里，见面便说："我有一大发现！"

"真的？"老师饶有兴趣地问道。

"当然！我发现李白那首《早发白帝城》诗中有一大谬误！这几天，我仔仔细细、反反复复地查了一些资料，终于从《水经注》里发现了充足的论据。书中谈到，瞿塘峡一带猿虽然很多，却只生在南岸，不生在北岸。好事的人将南岸的猿捉到北岸，猿就不叫了，这道理就跟貉兽若过了汶水就不生育一样。可李白怎么说'两岸猿声啼不住'呢？这显然是个大错误！"

教师见学生那眉飞色舞的模样，又好气又好笑地对学生说：“你的考据虽然很精细，但诗有诗的特点，不能像你这样剖析呀！”

“两岸猿声啼不住，轻舟已过万重山。”诗人以两岸猿猴的叫声入诗，旨在说明舟行甚速，猿声混成一片，我们从中可以觉出诗人航行于三峡间时目睹急流汹涌、送舟疾行的惊奇与兴奋感，自是诗家妙笔。而这位喜好实证的儒生只拘泥于考据而忽视了文学的特点，反而弄巧成拙了。

探骊得珠

唐代长庆年间，一次诗人刘禹锡和他的好朋友元稹、韦应物一起在白居易的家中聚会。他们谈古说今，渐渐说到了南朝兴亡的历史，各有感慨。四个人商定每人赋诗一首，都以《西塞山怀古》（一作《金陵怀古》）为题。刘禹锡斟上一杯酒，徐徐饮尽，便挥笔立成诗一首：

王濬楼船下益州，金陵王气黯然收。
千寻铁索沉江底，一片降幡出石头。
人世几回伤往事，山形依旧枕寒流。
今逢四海为家日，故垒萧萧芦荻秋。

这首诗表现的是这样一段史实：西晋太康元年，晋武帝司马炎出兵讨伐东吴。东吴末代皇帝孙皓，在长江险要处设置铁链，横锁江面，企图凭借长江天险固守。当时的益州刺史王濬被晋武帝任命为龙骧将军，制造大型战船，率领水军从益州顺江东下，突破东吴的层层防线，直逼金陵。孙皓出降，东吴宣告灭亡。诗的前四句以雄浑的笔触，写出西晋水师沿江东进，锐不可当。诗的后四句抒发诗人的感慨：人世间一回回兴亡伤怀，而山川千年不变，江水万古长流。而今，天下一统，我可以四海为家，故垒已成废墟，那历史遗迹中的芦荻，萧瑟在秋风中，引人无限遐思。

白居易等人一看此诗，赞不绝口，觉得它怀古思今，气度不凡，堪称佳作。

白居易说："今天我们四人探骊龙，而刘禹锡已经得到宝珠，剩下的龙鳞、龙爪我们要它何用！"其余三位诗人都不再吟咏。

骊龙是古代所谓黑色的龙，相传这种黑龙的颔下有宝珠。探骊得珠的意思是，摸取骊龙而获得宝珠，后人用它比喻写文章切中题旨。

“半”江水

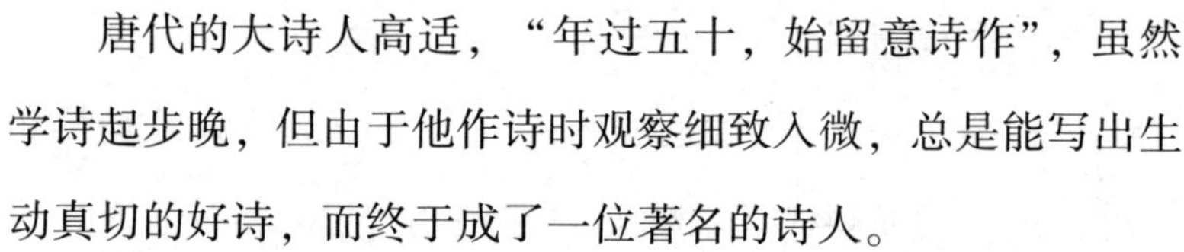

唐代的大诗人高适，“年过五十，始留意诗作”，虽然学诗起步晚，但由于他作诗时观察细致入微，总是能写出生动真切的好诗，而终于成了一位著名的诗人。

有一次，高适到台州巡察，路过杭州清风岭时，触景生情，想出四句诗。正好旁边是一座寺庙。过去的文人都有题诗的嗜好，无论在道旁、石壁上、墙上，都爱随处留下墨宝。因此高适让随从拿来笔墨，在寺庙的墙上写下一首诗：

绝岭秋风已自凉，鹤翻松露湿衣裳。
前村月落一江水，僧在翠微角竹房。

写完，便领着随从告辞。路上，高适反复吟咏着刚才的诗句，又细细地观察钱塘江水，发现月落时，江水随潮而退，只剩下半江水，并不像自己诗中写的“前村月落一江水”。想来想去，他觉得还是应该把诗中的“一”字改为“半”字。

巡察完以后，高适特地回到寺院，把墙上的诗改了，于是留下了脍炙人口的佳句：前村月落半江水。

同时呢，也留下了这样一段细心观察的佳话。

白居易不咏巫山

唐代大诗人李白游历黄鹤楼的时候，曾因为崔颢已有词采绝佳的《黄鹤楼》题在上面，而不再题咏。这种情况，白居易也遇上过。

长江三峡，风景瑰丽，尤其巫山神女峰，又有美丽的传说：天帝的幼女瑶姬，美丽善良，曾劈山导流，帮助大禹疏导洪水，后来化为神女峰。楚怀王游玩高唐观时，梦见一个女子，自称巫山神女，“旦为朝云，暮为行雨”，与楚怀王两情合好。在神女峰下，还建有神女祠，供后人祭祀、膜拜。历代的文人墨客经过这里，都喜欢登临游览，赋诗题咏。

唐宪宗元和十三年（818 年），白居易得到宰相崔群的引荐，由江州（今江西九江）司马升任为忠州刺史。到忠州任职时必途经三峡。秭归人繁知一得知此事，非常高兴。他是白居易的崇拜者，认为白居易这次一定会来游览神女祠，如能诱发他的诗兴，就能读到他的新作了。

于是，繁知一来到神女祠，便提笔在粉墙醒目处题了四句诗：

苏州刺史今才子，行到巫山必有诗。
为报高唐神女道，速排云雨候清词。

白居易进三峡后，果然不顾江流湍急，靠岸停泊，游览神女祠。他在祠内仔细观赏，流连忘返，忽然发现了繁知一的那首诗，读完后不禁会心一笑，这首诗中要神女排遣开云雨，等候自己的清词丽句，真是有趣。

因此，白居易特意找到繁知一，告诉他自己不能留诗，因为许多诗人如沈佺期、王无竞、李端、皇甫冉等都有巫山题咏，可称千古绝唱。繁知一问："难道后人就不能超过前贤？"白居易笑道："诗境无穷，应该后来居上。但如果没有创新时，单为题诗而写诗，容易凑合成章，有什么意思呢？"

繁知一点头称是。白居易不咏巫山也成为千古佳话。

周朴吟诗

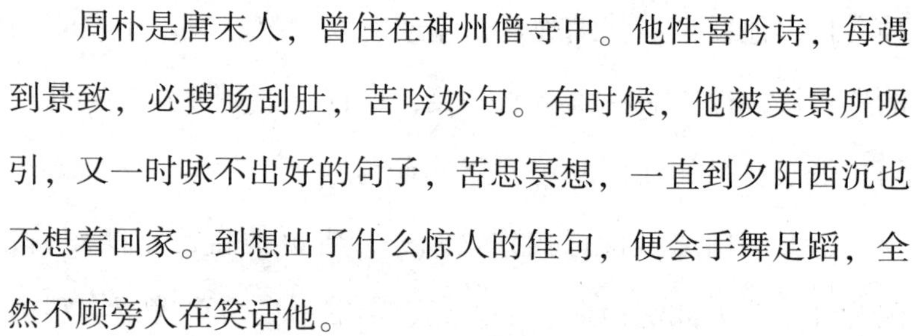

周朴是唐末人，曾住在神州僧寺中。他性喜吟诗，每遇到景致，必搜肠刮肚，苦吟妙句。有时候，他被美景所吸引，又一时咏不出好的句子，苦思冥想，一直到夕阳西沉也不想着回家。到想出了什么惊人的佳句，便会手舞足蹈，全然不顾旁人在笑话他。

一次，周朴到野外远游，遇着一个背柴的人。周朴忽然紧走几步，上去抓住那人的胳膊，厉声说道："我抓住你了。"接着又吟诗道："子孙何处为闲客，松柏被人伐作薪。"樵夫又惊又怕，不知是遇到了疯子还是强盗，忙抽出手臂，丢下柴火，转身就逃。正在巡逻的士兵见樵夫那慌里慌张的神情，不由分说，拿他当小偷抓了起来，严加审问。

那樵夫吓得浑身发抖，有口难辩之时，周朴缓步走了过来，慢条斯理地对士兵说："没他的事，刚才是我看见他背的柴，得了两句好诗。"他这一说，倒把士兵给愣住了，好半天才明白过来，才把那樵夫给放了。

有个读书人对周朴的怪癖早有所闻，想戏弄他一回。一天，他骑驴外出游玩，碰巧迎面遇上了周朴。这人故意用帽子遮住自己的脸，吟起了周朴的旧诗作：“禹力不到处，河声流向东。”周朴听得很清楚，忙跟在那人的后面，读书人却双腿把驴一夹，快跑而去。周朴撒腿就追，跑出了几里开外，终于追上了，上气不接下气地对那读书人说：“我的诗是‘河声流向西’，而不是向东的呀!”那读书人听了，只是微微地点了点头，撇下还在喘气的周朴，扬长而去。这事又被当地人传为笑谈。

半夜撞钟

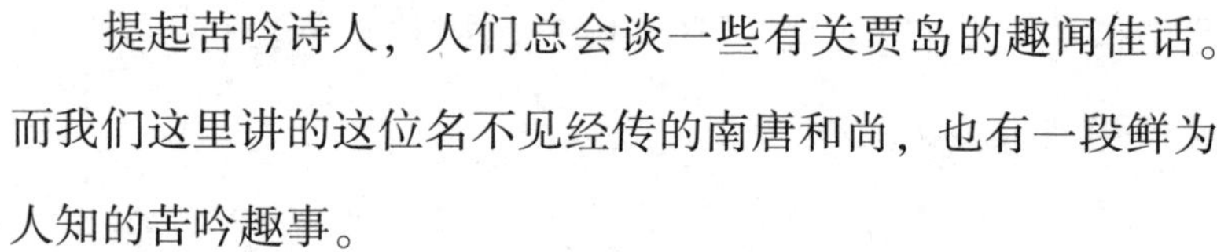

提起苦吟诗人，人们总会谈一些有关贾岛的趣闻佳话。而我们这里讲的这位名不见经传的南唐和尚，也有一段鲜为人知的苦吟趣事。

中秋之夜，常是人们赏月吟诗的绝妙良辰。在清幽静寂的寺院中，一轮圆月刚刚升起，这位喜好吟诗的和尚就推开了手中的木鱼，走出佛堂，情不自禁地吟道："此夜一轮满。"只听得老方丈在念念有词，这位和尚只好压低了自己的声音，怕落个班门弄斧的罪名。可这一低不要紧，诗的下句竟半天接不上来，这位和尚倒有些急不可耐，越是急越无词可接，弄得和尚彻夜难眠也终无妙句以对。

到了来年秋天，这夜明月高悬，和尚又触景生情，偶得一句："清光何处无。"和尚自觉接得妙，欣喜之情使他忘记一切，忙跑至钟楼，撞响了洪亮的大钟。夜已深了，城中的人们非常惊奇，真不知发生了什么事。

李后主派兵直冲寺院，这位和尚还在为自己的好诗称妙道绝。和尚被抓到了李后主面前，这位爱好诗歌的皇上听了他的陈述，丝毫没有显出责怪和尚之意，却为他的痴迷之情所感，并赠以“诗僧”的雅号。

语不惊人死不休

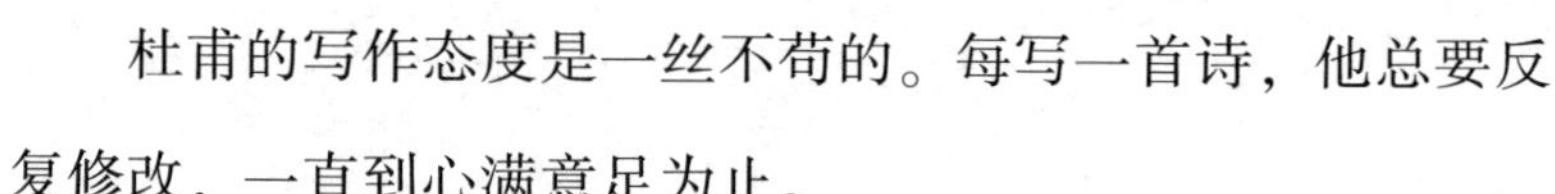

杜甫的写作态度是一丝不苟的。每写一首诗，他总要反复修改，一直到心满意足为止。

有一次，在简陋的屋子里，他反复地朗诵着自己的新作《茅屋为秋风所破歌》：

“……安得广厦千万间，大庇天下寒士俱欢颜，风雨不动安如山？呜呼！何时眼前突兀见此屋，吾庐独破受冻死亦足！”

正在感情饱满之时，他的一位老朋友朱山人来看他。见他在屋里踱来踱去，忽而低吟，忽而长啸……

朱山人不想打扰他，就在门外等着。良久，诗人开门出来，看到老朋友站在门外：“老兄，你几时来的？怎么不进屋里坐？”

朱山人说：“方才见你吟诗，不便打断。”接着又颇为不解地问，“你是‘读书破万卷，下笔如有神’的诗圣，一首小诗何至如此费神？”

杜甫笑道：“新诗改罢自长吟，语不惊人死不休！”

诗人就是以这样严谨的态度进行创作，刻意求新，使其作品获得了永久的生命力。

李贺惜时

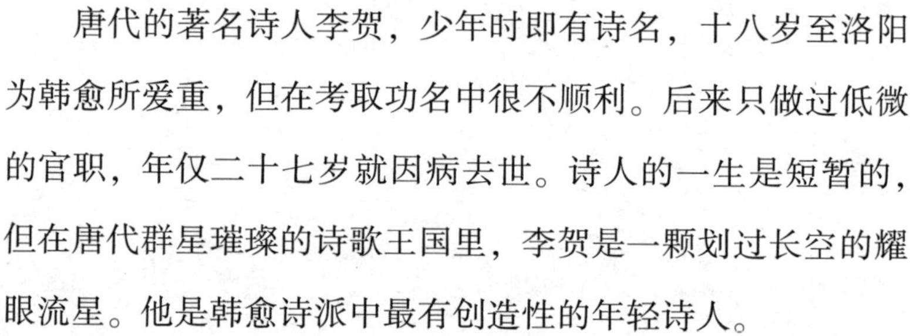

唐代的著名诗人李贺，少年时即有诗名，十八岁至洛阳为韩愈所爱重，但在考取功名中很不顺利。后来只做过低微的官职，年仅二十七岁就因病去世。诗人的一生是短暂的，但在唐代群星璀璨的诗歌王国里，李贺是一颗划过长空的耀眼流星。他是韩愈诗派中最有创造性的年轻诗人。

李贺是一位遭遇不幸的天才诗人，但他懂得珍惜有限的生命。小时候，他就很有抱负，曾吟诗明志："少年心事当拏云。"（《致酒行》）他酷爱读书，勤于写作，就连出门骑在驴上的时候，也经常见他吟哦。母亲曾十分疼爱地责备他："你一定要把心血呕出来才罢休吗？"

当时，一些贵族纨绔子弟，整日里金鞍肥马，花天酒地，绫罗香衫，招摇过市。年轻的李贺非常看不惯，写了一首《嘲少年》的诗，殷切劝诫他们自爱惜时，诗中写道：

少年安得长少年，海波尚能变桑田。
荣枯递传急如箭，天公不肯于公偏。
莫道韶华镇长在，发白面皱专相待。

诗人规劝那些少年们不要虚度光阴。他指出：“少年安得长少年，海波尚能变桑田。”岁月陡转，光阴似箭，时间老人对每个人都是公正的。不要说美妙的青春年华是永驻的，生命的年轮不是没有止境的，发白面皱也非遥远的事情。

李贺惜时如金，醉心创作，他留于后世的二百多首诗作，都是呕心沥血的艺术结晶。诗人用自己的独特创造实现着生命的价值，他终于在诗歌的王国中获得了永生。

唐求祝瓢

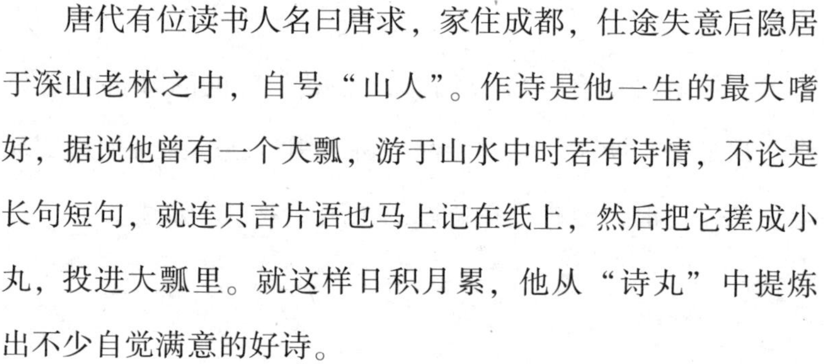

唐代有位读书人名曰唐求，家住成都，仕途失意后隐居于深山老林之中，自号“山人”。作诗是他一生的最大嗜好，据说他曾有一个大瓢，游于山水中时若有诗情，不论是长句短句，就连只言片语也马上记在纸上，然后把它搓成小丸，投进大瓢里。就这样日积月累，他从“诗丸”中提炼出不少自觉满意的好诗。

后来，这位诗人生了一场大病，卧床不起。他的手里攥着一粒粒凝聚了自己半生心血的诗丸，像是舍不得留下它们。他强忍着病痛，一歪一斜地捧着诗瓢来到了锦江边，俯下身去，轻轻地把诗瓢放进水里，目送它缓缓流去，深情地祝祷着：“诗瓢呀，愿你勿翻勿沉，随江而下，有朝一日若被人所获，便可知我毕生的苦心痴情。”

那个大瓢果真顺流而下，漂到了新渠。有个了解唐求的人远远地就望见了大瓢，大声疾呼：“那是唐山人的诗瓢！”

然后飞快地驾着一叶扁舟，捞起了那漂来的诗瓢。诗瓢中，果真装有唐求的十几首诗。这以后，唐求的诗瓢被人们传为佳话，他的诗也开始流传于世。

推　敲

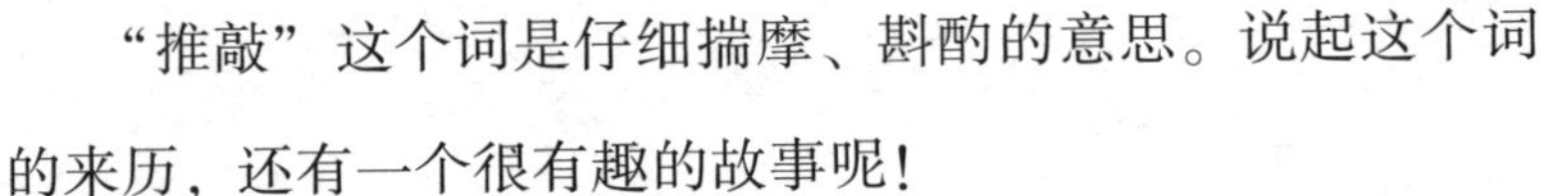

“推敲”这个词是仔细揣摩、斟酌的意思。说起这个词的来历，还有一个很有趣的故事呢！

唐朝诗人贾岛，对写诗爱得入迷，经常为了想出佳句而苦苦思索，为这个，他没少得罪人。

有一次，贾岛骑着头驴子从长安的大街上过。当时秋风凛冽，树上的叶子纷纷落地，贾岛随口吟道“落叶满长安”，但是那半句却怎么也想不出来。他想啊想，忽然得到上半句“秋风生渭水”。贾岛乐坏了，大声地吟咏起自己的这句诗，却没有注意到大京兆刘栖楚的仪仗队已经到了自己眼前。

当时，一些大官出门都有仪仗队，打着“回避”牌，敲着铜锣，为的是让行人躲开，不要挡道。而贾岛呢，竟然撞进仪仗队，这还了得。刘栖楚马上把他抓了起来。后来知道他只不过是作诗入了迷，把他关了一夜就放了。

有了那一次教训，贾岛还是改不掉老毛病，一作起诗，照样什么都忘。有一次他骑着驴子，又思考起刚作好的一句诗来，“鸟宿池边树，僧敲月下门”，究竟是用“敲”呢还是用“推”呢？贾岛边想边用手不停地做出“推”“敲”的动作，路上的人见了，都觉得很好笑。正在这时，前面又来了一列仪仗队，行人都躲避一旁，只有贾岛一个劲儿地往前走，连别人叫他也听不见。这一回，贾岛的驴子一直冲到仪仗队的第三节才停下来。

侍从们以为是刺客，把贾岛抓住带到他们的长官面前。这个长官恰好是唐宋八大家之一的韩愈，他精通诗文，当时做的官是京兆尹。韩愈是个非常爱才的人。他问清楚贾岛冲撞仪仗队的原因之后，也对“推”“敲”这两个字产生了兴趣。他在马上琢磨了半天，最后对贾岛说：“还是‘敲’字好。因为诗写的是静静的深夜，‘敲’字给人带来音响的感觉。以动衬静，更显其静。”贾岛听了，连连点头。

就这样，韩愈和贾岛，一个骑驴，一个骑马，把缰绳连在一起边走边谈起来。正是出于对诗的共同兴趣，他们成了很要好的朋友。

正因为贾岛作诗非常认真，所以他的每首诗都灌注着自己的心血，他也特别珍爱，敬之若神。据说每年到了除夕，他都要把一年来作的诗放在条案上，点香而拜，并举杯祝告，说：“这是我一年到头的苦心啊！”然后痛痛快快地喝

酒、唱歌。

这种一丝不苟的治学精神，使贾岛在诗坛上享有很高的地位。与贾岛齐名的韩门弟子孟郊死后，韩愈给贾岛写了一首诗来悼念：

赠贾岛

孟郊死葬北邙山，从此风云得暂闲。

天恐文章浑断绝，更生贾岛在人间。

道士奇诗

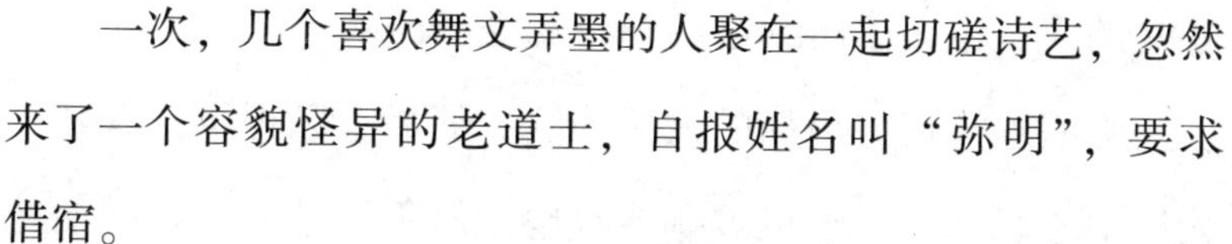

一次，几个喜欢舞文弄墨的人聚在一起切磋诗艺，忽然来了一个容貌怪异的老道士，自报姓名叫“弥明”，要求借宿。

众人和他聊了一会儿，发觉他言谈诡异，不同常人，于是便想难一难他。他们猜测弥明肯定不会作诗，便决定大家联句，谁接不上要受罚。诗题就吟咏炉中的一个石鼎。

于是，第一个人便先写道：

妙匠琢山骨，刳中事调烹。

意思是：巧手的工匠雕琢山的骨头而成石鼎，在炉子上用作煮烹的器具。

轮到弥明，弥明说：“我不善于写俗世的字，怕你们会不认识。”

众人以为他故意推托，便推举一个人为他执笔。弥明便吟道：

龙头缩菌蠢，豕腹胀膨亨。

意思是：石鼎像龙头般困缩蠢动，又如猪腹般膨胀鼓凸。

众人一听这样稀奇古怪的字句，一时都惊住了。后面要联句的人，也无法再续这两句诗意怪异的句子了。

弥明连连催促后面的人接着续，但无人联得了。有几个人挖空心思地想，嘴里嘟嘟囔囔地，但仍无结果，弥明便冷笑一声，又吟了两句别人不懂的诗句，意在讽刺在座的人。

吟完，弥明倚墙而睡，鼻息响得如同巨雷，众人都又惊异又害怕。

张打油和“打油诗”

唐朝的诗，都是文人学子的风雅之作，自古流传，风采绝伦。但在唐朝，另有一名特殊的诗人，写了一些风格迥异的诗，也流传至今。这就是张打油和他的“打油诗”。

张打油生活于中唐时代，在当时，他的一些诗作就小有名气，如他的《咏雪》诗：

江山一笼统，井口黑窟窿。
黑狗身上白，白狗身上肿。

通篇咏雪而无一个雪字，可见张打油作此诗是颇动过一番脑筋的。

有一年冬天，一位大官去祭奠宗祠，刚进大门，就看见粉刷雪白的照壁上面写了一首诗：

六出九天雪飘飘，恰似玉女下琼瑶。

有朝一日天晴了，使扫帚的使扫帚，使锹的使锹。

大官大怒，谁竟敢在宗祠上写这样荒唐可笑的“歪诗”，立即命令左右：查清作诗之人，重重治罪。有位师爷禀报：

“大人不用查了，看这诗的口气，一定是那个张打油。”

于是张打油被揪了来，他听了大官的呵斥，上前一揖，不紧不慢地说道：“大人，我张打油的确爱诌几句诗，但本事再不济，也不会写出这类诗来。不信，小的情愿面试。”

大人一听，口气不小，决定试张打油一下。正好那时安禄山兵困南阳郡，于是便以此为题，要张打油吟诗一首。张打油也不谦让，张口便吟道：

百万贼兵困南阳，

那位大人一听，连说：“好气魄，起句便不平常！”

张打油微微一笑，再吟：

也无援救也无粮，

大人摸了摸胡子，说：“倒也差强人意，再念。”

于是张打油一气呵成后三句：

有朝一日城破了，哭爹的哭爹，喊娘的喊娘！

这几句，与“使扫帚的使扫帚，使锹的使锹”如出一辙，大家听了，哄堂大笑，连这位大官也被逗乐了，于是饶了张打油，张打油也从此远近闻名。

后来，人们把一些以俚语俗话入诗，不讲平仄对仗，所谓“不能登大雅之堂”的诗作，统统称为“打油诗”。打油诗幽默诙谐，以口语传神，自有它的价值。

大器晚成

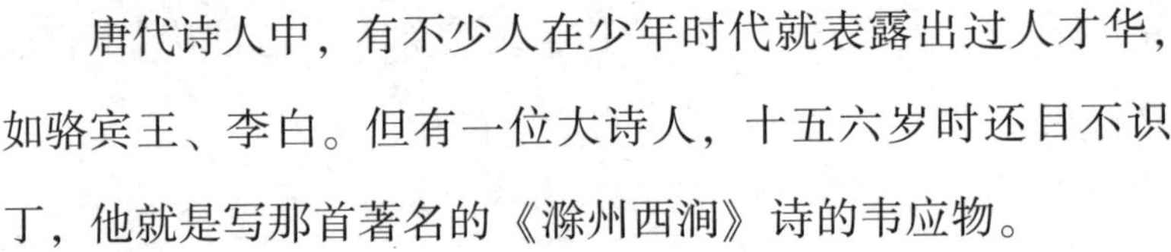

唐代诗人中，有不少人在少年时代就表露出过人才华，如骆宾王、李白。但有一位大诗人，十五六岁时还目不识丁，他就是写那首著名的《滁州西涧》诗的韦应物。

韦应物出身仕宦之家，曾祖是武则天时的宰相，祖父官至宗正少卿。父辈时却家道衰落，因此韦应物从小缺乏管教。十五岁时，韦应物被选为三卫郎。

三卫府，即亲卫、勋卫、翊卫三府，各有一批人员组成扈从仪仗队。他们都是十五六岁的少年，长得英俊高大，仪态风流。人们称这些少年三卫郎。

那时，玄宗李隆基正迷恋杨贵妃，沉醉于声色之娱，经常御驾出幸骊山脚下的华清池，在那里浴温汤，开盛宴，纵情享乐。这种声色环境，使年纪轻轻的三卫郎们深受影响，每天也只知扈跸骑射，贪杯肆顽。他们又都是出身于高级官员家庭，由于职业关系，出入宫禁，列队御前，和皇帝关系紧密。因此三卫郎们个个飞扬跋扈，不可一世。

韦应物也曾是其中的一个无赖之徒。后来他写过一首诗，回忆少年的生活：

逢杨开府（节选）

少事武皇帝，无赖恃恩私。

身作里中横，家藏亡命儿。

朝持樗蒲局，暮窃东邻姬。

司隶不敢捕，立在白玉墀。

这首诗的意思是：我少年时做过皇帝的侍卫人员，原来只是一个无赖，皇上之所以选用我，是依靠父辈的恩泽。在居住的街巷里，我是个横行无忌的儿郎，家中经常藏匿着一伙亡命之徒。早晨，拿着赌具到赌场去消磨时光，晚上，又去抢劫东边邻家的美女。衙门里的差役是不敢来逮捕我的，因为我站在皇宫的白玉石台阶上，谁敢来动一动我呢？

我们从诗里，可以看到诗人年少时刁顽的形象。

天宝十四年，“安史之乱”爆发后，唐玄宗仓皇逃往西蜀。作为皇帝侍从的三卫郎们也东流西窜。从此韦应物脱离三卫府，因为目不识丁，又做过不少坏事，过了一段“憔悴被人欺”的生活。他受到很大的震动，才明白自己以前依靠皇上的威严而威风骄横是多么荒唐。于是韦应物改弦易辙，

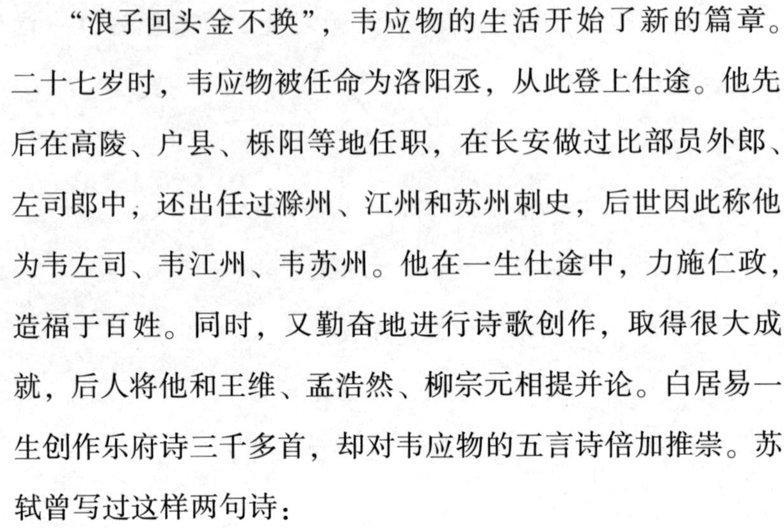

开始发愤读书。

“浪子回头金不换”，韦应物的生活开始了新的篇章。二十七岁时，韦应物被任命为洛阳丞，从此登上仕途。他先后在高陵、户县、栎阳等地任职，在长安做过比部员外郎、左司郎中，还出任过滁州、江州和苏州刺史，后世因此称他为韦左司、韦江州、韦苏州。他在一生仕途中，力施仁政，造福于百姓。同时，又勤奋地进行诗歌创作，取得很大成就，后人将他和王维、孟浩然、柳宗元相提并论。白居易一生创作乐府诗三千多首，却对韦应物的五言诗倍加推崇。苏轼曾写过这样两句诗：

乐天长短三千首，却爱韦郎五言诗。

五

言志

架衣拒客

白居易到杭州做太守时，已经五十多岁。在官场上奔波了几十年，他已经厌倦了那种浮华的生活，感叹自己的雄心大志却仍未得以施展。他写了一首七绝，表达了自己郁闷的心境：

昏花满眼霜满头，早衰因病病因愁。
官途气味已谙尽，五十不休何时休。

这首诗的意思是：我已经两眼昏花，满头白发，因为愁闷而经常卧病，疾病又让我早早地衰老。官场上的一切我已经都看透了，五十岁了不抛掉这些何时才是清闲的时候呢？

来到杭州后，一些富豪乡绅、仕宦名流纷纷递帖子、送财礼，庆贺新任太守上任。白居易正心里烦闷，哪有什么心情招呼他们呢？后来求见的人越来越多，白居易觉得老躲起

来也不是办法，他想了想，便告诉门上人说：

“你快传出话去，让来送贺礼的后天一起来吧！”

消息传开，那些善于溜须拍马的富豪乡绅、仕宦名流们，以为有了机会来逢迎新太守，便一个个暗地备足了贺礼、贺联。

这一天太守住宅正门大开，门前黑压压一片车轿人马，各种贺礼五颜六色，珠光宝气。但来的人越聚越多，却不见人往里进。原来门人已经传达了太守的吩咐，要等客人到齐了，一块儿进去。

眼看将近中午，大门口的客人来了一大片，都站在大太阳下，热得汗流满面。但没有一个人敢有怨言，他们都明白太守可是得罪不得。好不容易，门人一声传唤：“太守有请！”等急了的客人们一拥而进，争先恐后，都想先拜见新太守，结果一片乱糟糟的，有的掉了帽子，有的丢了靴子，但还是互不相让。

众客人挤到堂上，朝上一望，只见新太守头戴乌纱帽，身穿大红袍，正站着等待见客呢！于是众人一个个忙诚惶诚恐地打躬作揖、磕头，并乱哄哄地说着恭维话。

可闹了半天，却听不见上面太守的动静。众人慢慢抬头细看，哪里有什么新太守，原来是个衣架撑的纱帽官服。众人一肚子疑惑，不知怎么回事。一个家人手捧素笺，走出来说：“我家大人说了，你们要见的是新太守，不是白居易。

他这里写了一首诗回赠，你们拿去看吧！”

众人接过来一看，只见上面写道：

形骸与冠盖，假合相戏弄。
荣华瞬息间，求得将何用？

诗的意思是：身体与纱帽官服，把它们联系起来相提并论就是一件可笑的事。荣华富贵不过是过眼烟云，苦苦追求得到又有什么用呢？

众位宾客看了，面面相觑，只好一个个灰溜溜地走了。

高适落魄长安

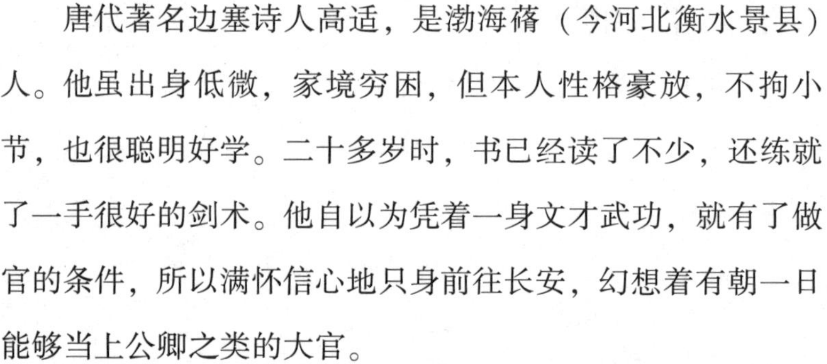

唐代著名边塞诗人高适，是渤海蓨（今河北衡水景县）人。他虽出身低微，家境穷困，但本人性格豪放，不拘小节，也很聪明好学。二十多岁时，书已经读了不少，还练就了一手很好的剑术。他自以为凭着一身文才武功，就有了做官的条件，所以满怀信心地只身前往长安，幻想着有朝一日能够当上公卿之类的大官。

高适到了长安，面临的却是严酷的现实。他在长安待了几个月，带的路费都用光了，却一事无成。在诗人的眼里，那些长安城里的富贵子弟是十分可恨的。他们靠着天恩祖德，过着花天酒地的生活，那副神气活现的样子，让人看了无比厌恶。与这些人的昏庸无能相比，他的学识能力却无用武之地，直至落魄街头。高适怀着无穷感慨，写了一首诗，题为《行路难》，诗中写道：

长安少年不少钱，能骑骏马鸣金鞭。
五侯相逢大道边，美人弦管争留连。
黄金如斗不敢惜，片言如山莫弃捐。
安知憔悴读书者，暮宿灵台私自怜。

诗中说道：长安的富贵子弟们骑着大马，鸣着金鞭，在大道上成群结伙，横冲直撞。他们挥金如土，寻欢作乐，美人们弹奏着弦乐陪他们整天游玩。他们哪里晓得有些穷苦的读书人，夜里睡在破庙里憔悴不堪！

罗隐针砭时弊

唐朝末年有位著名诗人罗隐，他本名罗横，字昭谏。从二十八岁起就考进士，一直到五十五岁，考了十多次，每次都是名落孙山，气愤之下，改名为罗隐。事实上，罗隐在年轻时就很有诗名，可他常在诗中讽刺政治得失，得罪了不少官僚，考试落第也就不足为怪了。

诗人改名为罗隐，似有归隐之心，可后来他还是投奔了在浙江一带割据的吴越王钱镠，当过钱塘令等官职。钱镠称王后，国都在今杭州。当时赋税繁重，就连母鸡生蛋都要交税。西湖中捕鱼的渔民，捕来的大部分鱼都上交，叫作“使宅鱼”。罗隐为此而鸣不平，写了一首题为《题璠溪垂钓图》的七绝予以讽刺：

吕望当年展庙谟，直钩钓国更谁如？
若教生在西湖上，也是须供使宅鱼。

“蹯溪垂钓图”是画有姜太公在蹯溪钓鱼的图画。诗中说道：吕望（指姜太公）当年施展雄才大略，用直钩钓一个国家的谋略，这是谁都不能相比的。如果让他现在垂钓于西湖上，那也避免不了要交纳“使宅鱼”的呀！

据说钱镠看了这首诗后，竟大动恻隐之心，下令免除“使宅鱼”，从此百姓的日子好过多了。

司空见惯

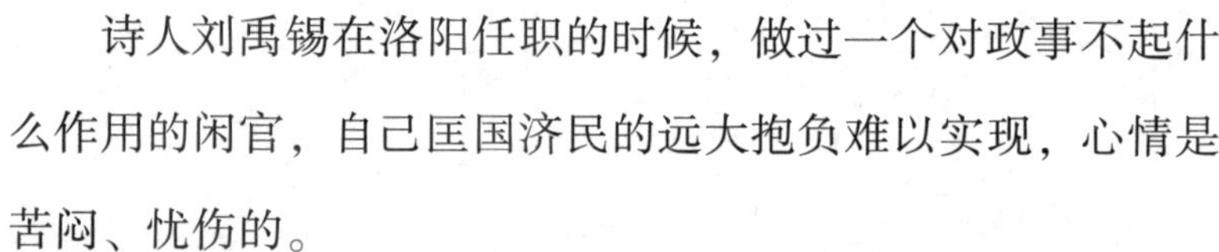

诗人刘禹锡在洛阳任职的时候，做过一个对政事不起什么作用的闲官，自己匡国济民的远大抱负难以实现，心情是苦闷、忧伤的。

有一次，曾写过“锄禾日当午，汗滴禾下土。谁知盘中餐，粒粒皆辛苦”诗句的李绅，请他去赴宴。刘禹锡对这位李大人早有所闻，他曾写过关心百姓疾苦的《悯农诗》，但现在的地位却是高高在上，作的诗也是一些歌功颂德的篇章。刘禹锡多年坎坷，与这位李大人没有什么交往。这次李大人派人登门邀请，盛情难却，刘禹锡只好按时赴宴了。

主客见面，寒暄几句，酒宴开席。山珍海味，场面奢华。酒过三巡，主人一招手，乐师和舞女们翩然而至，厅堂庭院飘满了一种浓郁的脂粉气。轻歌曼舞的氛围中，诗人刘禹锡内心感到很不自在。眼前繁华奢靡的情景让诗人想起了百姓们少衣缺食、无家可归的惨象。自己多年受贬，深深地体会了百姓的疾苦，而与眼前的情景相比，诗人怎能安心享受这一切呢？他不由得想起了李绅曾写过的“四海无闲田，农夫犹饿死”的诗句，而今的李大人正酒酣于歌舞之中，满面春风，很难看出有什么忧国忧民的情思，完全沉溺于这种歌舞升平的景象中去了。

席间，有几位幕僚闲客即席吟诗，有盛赞华宴的，有称羡歌舞的，也有感叹什么“人生无常”的。

刘禹锡只是低头饮酒，而无吟诗之雅兴。满面红光的李大人端着酒杯，眉开眼笑地对刘禹锡说：“早闻阁下诗名远震，真是久闻不如一见。今日光临寒舍，怎能不赐华句佳篇，哈哈……”

刘禹锡性情耿直，不晓避忌的脾气虽让他受尽陷害，但本性难移，一如既往。而他的诗也是“文如其人”。他抬眼看了看这位做过相当于“司空”头衔的显官，低头稍加思索，缓慢地朗声吟咏了一首七言绝句：

高髻云鬟宫样装，春风一曲《杜韦娘》。
司空见惯浑闲事，断尽东南刺史肠！

诗中说：像这样豪华繁盛的景象，“司空”大人是见惯了的，跟平常的事没有什么两样；可是做过江南刺史的我，却伤痛得肠子都要断尽了！

众人听罢无人应对，只见李绅大人面红耳赤，半天说不出话来。

白居易七十致仕

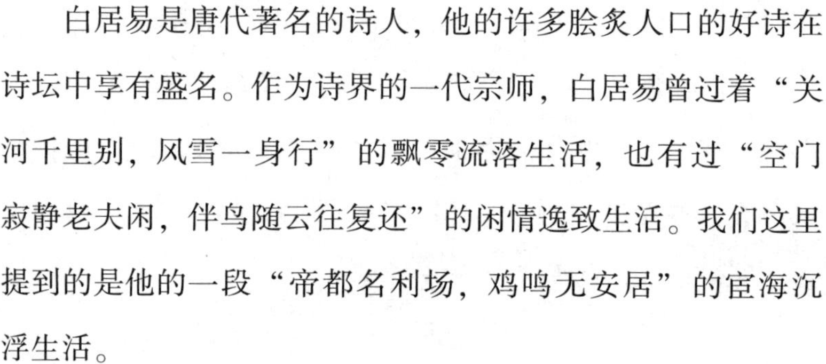

白居易是唐代著名的诗人，他的许多脍炙人口的好诗在诗坛中享有盛名。作为诗界的一代宗师，白居易曾过着“关河千里别，风雪一身行”的飘零流落生活，也有过“空门寂静老夫闲，伴鸟随云往复还”的闲情逸致生活。我们这里提到的是他的一段“帝都名利场，鸡鸣无安居”的宦海沉浮生活。

白居易在官场度过了三十年，或许出于他的那种诗人天性，白居易对追名逐利、专事谄媚奉迎的小人深恶痛绝；对朝廷上的官吏为了争权夺利而结私党、排异己的行为很鄙视。认为这种官吏一心为个人名利忙碌，置国家之荣辱、百姓之苦乐于不顾，唯利是图；到了年逾花甲之时，还身居高位，贪恋荣华，不让贤致仕。

白居易对于这种官场丑态，“闻见之间，有足悲者，因直歌其事，命为《秦中吟》”，用写讽喻诗鞭挞这种社会现象。《秦中吟》中有一首《不致仕》，就是嘲讽老官僚，年迈体衰，还步履蹒跚地到朝廷充数，全诗如下：

七十而致仕，礼法有明文；
何乃贪荣者，斯言如不闻？
可怜八九十，齿堕双眸昏。
朝露贪名利，夕阳忧子孙。
挂冠顾翠緌，悬车惜朱轮。
金章腰不胜，伛偻入君门。
谁不爱富贵，谁不恩君恩？
年高须告老，名遂合退身。
少时共嗤诮，晚岁多因循。
贤哉汉二疏，彼独是何人？
寂寞东门路，无人继去尘！

诗中所谓“礼法有明文”，是指《礼记·曲礼上》所规定的官吏退休的年龄，即“大夫七十而致仕”。“致仕”“挂冠”“悬车”都是辞职退休的意思。“二疏”是指汉宣帝的太子少傅疏广和他的侄儿疏受。叔侄二人，同在朝廷做官，身居高位，声名显赫。两人年老辞官，回归乡里。临走那天，公卿大夫、故人好友都来设宴饯行，道路两旁的观者皆曰：“贤哉二大夫！”

白居易在这首诗中，讽刺了那些八九十岁的老朽官吏。他们老眼昏花，衰弱得连腰带都系不上，每天弯腰驼背地出入朝廷，却不按礼法规定，告老退休。诗人一针见血地指出他们这样做的原因是："朝露贪名利，夕阳忧子孙""挂冠顾翠緌，悬车惜朱轮"，他们想的只是个人名利和荫及子孙，舍不得失去乌纱帽和车马轿及一切丰厚的待遇。

而白居易的言行却和他们形成鲜明的对照。白居易在苏州当刺史时，还不到六十岁，因身体不好，就上表章请求致仕，以免阻碍"贤路"，结果没有得到批准。他为此还写了一首《高仆射》的诗，抄写在自己的衣带上，告诫自己不要贪荣不退，诗中写道：

遑遑名利客，白首千百辈。
唯有高仆射，七十悬车盖。
我年虽未老，岁月亦云迈。
预恐耄及时，贪荣不能退。
中心私自儆，何以为我戒？
故作仆射诗，书之于大带。

白居易七十岁时，终于得到唐武宗的恩准，在刑部尚书的高官任上辞职。文坛上便有了一则"白居易七十致仕"的逸闻佳话。

刘郎又来

唐代诗人刘禹锡，性格耿直，经常因为直言相谏而得罪权贵，但他从不在意。

永贞元年（805 年），刚刚即位的唐顺宗李诵任用王伾、王叔文，进行社会改革。宦官群起反对，迫使顺宗退位，拥其长子李纯为宪宗，并贬逐王伾、王叔文。刘禹锡因与改革派合作，也被先后贬至连州（今广东连州）、朗州（今湖南常德）。十年后，当朝宰相赏识他的才干，召他回到长安。

刘禹锡回长安后，听说长安朱雀街旁崇业坊有一座玄都观。观内道士种植许多桃树，桃花盛开如云霞，于是便去观赏，并写下《元和十年自朗州承召至京戏赠看花诸君子》：

紫陌红尘拂面来，无人不道看花回。
玄都观里桃千树，尽是刘郎去后栽。

诗题中的诸君子，指的是和刘禹锡一起被贬又同时被召回长安的朋友柳宗元、韩泰、韩晔、陈谏四人，从“戏赠”的“戏”字中可以看出，这首诗是有另一层含意的，字面的意思是：

长安大街上车马扬起的飞尘扑面而来，人人都说刚看完花回来。玄都观里的上千棵桃树，都是我刘禹锡贬官出长安后栽的啊！

其实，诗的后两句是讽刺当朝众多的现任大官，说他们都是诗人遭贬后被提拔出的谄媚之臣。

因为这首诗，权贵们大为恼火，于是刘禹锡又被贬到播州（今贵州遵义）。当时，播州是最边远荒僻的地区，可见权贵们的怨恨有多深。后来因朋友柳宗元、裴度的帮忙，加上刘禹锡还有年老的母亲，于是便改为连州刺史。

十四年以后，即唐文宗大和二年（828 年），由于裴度向文宗推荐，刘禹锡才又被召回长安，任主客郎中。

这年三月，刘禹锡又一次到玄都观来，但这时的景象已和十四年前不同了。满观云霞般的桃树已荡然无存，只有兔葵（一种春季开花的蔬菜）、燕麦在春风中摇动。刘禹锡想到自己两次被贬又两次召回的经历，不由得感慨万千。于是写诗抒怀：

再游玄都观

百亩庭中半是苔，桃花净尽菜花开。

种桃道士今何处？前度刘郎今又来。

这首诗表面的意思很好理解，但它又有深一层的含义。诗人感叹一朝天子一朝臣的时局变换如此莫测，那些一度得宠、不可一世的权臣们都垮台了，但是坚持正义的“刘郎”却又回来了。

虽然尝尽了被贬的苦头，但刘禹锡还是这么自信和执拗，从不为以前的所作所为而后悔，真是一个铁骨铮铮的“刘郎”啊！

斗鸡恶少

天宝年间，宫中有一帮专门管理斗鸡的人。因为玄宗喜欢斗鸡，在宫中筑有鸡坊，养有数千只大雄鸡，经常与朝中权贵斗鸡取乐，一赌千金。那些管理斗鸡的人，倚仗皇家势力在外敲诈勒索，无恶不作，人们称他们为“斗鸡徒”。长安城就曾流传有这样一首民谣：

生儿不用识文字，斗鸡走马胜读书。

贾家小儿年十三，富贵荣华代不如。

这个“贾家小儿”叫贾昌，因为他养的鸡善斗，得到玄宗的宠幸，在长安声威显赫。但当时一些正直文人名士，却深深厌恶这种现象。

一天，李白正在朱雀大街散步，忽听身后一阵喧哗，回头一看，几辆大车飞驰而来，行人纷纷躲避，一时间尘土飞扬，乱成一片。李白一打听，才知道又是那帮飞扬跋扈的斗鸡徒，不由怒从心起，回去后立即写了一首《大车扬飞尘》：

大车扬飞尘，亭午暗阡陌。
中贵多黄金，连云开甲宅。
路逢斗鸡者，冠盖何辉赫。
鼻息干虹蜺，行人皆怵惕。
世无洗耳翁，谁知尧与跖！

诗的意思是：长安城中权贵们的大车扬起漫天灰尘，遮暗了中午的道路。权贵们有的是黄金，巨大豪华府宅连成云似的一片。路上遇到的那些斗鸡徒，穿着官服遮着伞盖威风极了，鼻孔出的气都冲到虹蜺上。路上的行人吓得直发抖。现在世上再也没有那清高的洗耳翁许由了。谁还能识别圣明的统治者尧和大强盗跖呢？

相传许由是一个清高的隐士，尧请他任九州长官，他觉得这种世俗话弄脏了他的耳朵，于是到颍水边去洗耳。

这首诗流传开后，权贵们很恼火。几天后，李白出门办事，竟在长安门北被一群斗鸡恶少包围，正在这时，他的友人张旭和陆调赶来。陆调武艺高强，打散了斗鸡徒。

后来，李白在一首诗中还回忆了这件事。

叙旧赠江阳宰陆调

我昔斗鸡徒，连延五陵豪。

邀遮相组织，呵吓来煎熬。

君开万丛人，鞍马皆辟易。

告急清宪台，脱余北门厄。

借诗骂奸

唐朝天宝初年，李白来到长安，很受唐玄宗赏识，留下做了翰林学士。但朝廷中奸佞当道，李白时常烦闷。

这天，高力士忽然来找李白，想让他写一首诗给自己。

李白想：这高力士胸无点墨，只会玩弄权术，怎么一下子也“风雅”起来？大概是皇上喜欢我作诗写字，他也想凑凑热闹吧！干脆借此机会，戏弄一下这个攀龙附凤的权宦吧！

于是便对高力士说：“既然公公看重，李白只好献丑了！”

高力士满心欢喜，忙吩咐小太监研墨铺纸伺候，李白提起笔，行云流水一样，一首诗便写了出来：

高是低来低是高，功名出头须颠倒。
莫道老公无胡子，乾坤之间乐逍遥。

高力士凑近一看，一个字也不认得，忙叫李白念念。李白读完一遍，高力士又说："李学士，写是写得不错，只是在下还请学士讲讲说的是什么意思。"

李白仰头哈哈大笑道："我这是'诗中有谜，谜中有诗'呀。这头两句把公公的姓氏、名位藏在里面，公公姓高，'高是低来低是高'，是说公公常在皇上身边，看来低人一等，其实是高人一头，公公也算是'一人之下，万人之上'啊！"高力士听了很高兴，不住点头称是。

"这第二句的'功'字，正好是公公的大讳'力士'两字凑成，不过得将'工'和'力'前后颠倒一下，再把'工'字出头为'士'字，所以叫'功名出头须颠倒'！"

"想得好！想得妙！"高力士听了，简直佩服得五体投地。

"第三、四句写公公的一生命运。公公虽然一把年纪，但无衰颓之相，可以常乐于富贵荣华之中。"

一番话说得高力士眉飞色舞，欣喜若狂，拿上李白写的诗乐颠颠地走了。

李白的好友贺知章知道了这件事，责备李白忘了"安能摧眉折腰事权贵"的信条，李白听了大笑，解释说：

"'高是低来低是高'，是说他谄媚朝廷，虽弄权宫中，高高在上，实际却是一副奴才嘴脸！'功名出头须颠倒'，是说朝纲黑暗，奸臣当道，贼子专权，皆因是非颠倒、黑白混淆之故！”

贺知章听了拍手称快：“说得好！”

“‘莫道老公无胡子’，一眼便知道是讽刺太监之词。至于‘乾坤之间乐逍遥’，‘乾’者为天，为阳，为男，‘坤’者为地，为阴，为女。‘乾坤之间’暗寓高力士非男非女——非人也！”

一席话说得贺知章连连点头称赞：“贤弟真是诗肠曲折，连愚兄都一时陷入五里雾中，那高力士岂能识得其中奥妙？”

李白于是又笑着随口吟道：

白本无意卖风流，自有史家著春秋。
堪恨世间多妖孽，因将狗血淋狗头。

杜甫叹秋雨

杜甫有“诗史”之称，是因为他的诗力求真实，记录史实。

唐天宝十三年（754 年），秋雨很多，接连六十天也未停止，农民的庄稼遭受了极大的损失。这时宰相杨国忠弄权误国，为了开脱自己不关心民间疾苦、救灾不济的罪责，叫人专门去找一些好禾献给皇帝看，说：“雨虽多，并不伤害庄稼。”

杜甫当时正在长安，听到这个消息，心中感慨万端，不禁提起笔来，写了《秋雨叹》三首，公开为人民说话。其中一首这样写道：

禾头生耳黍穗黑，农夫田父无消息。
城中斗米换衾裯，相许宁论两相值？

作为当朝的一个京官，竟敢触犯宰相，“干预朝政”，杜甫无愧于“诗史”之冠。

因诗免罪

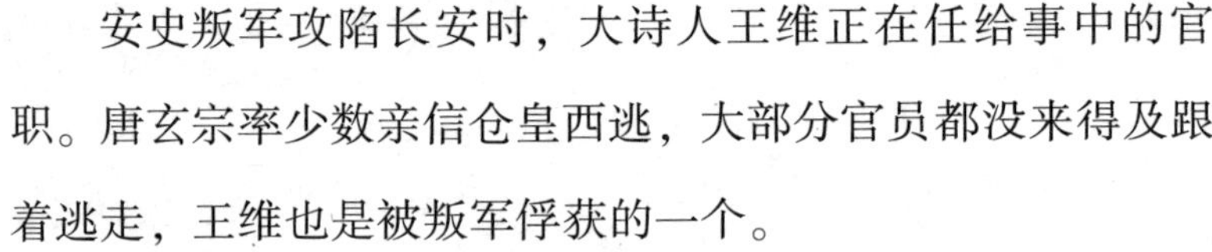

安史叛军攻陷长安时，大诗人王维正在任给事中的官职。唐玄宗率少数亲信仓皇西逃，大部分官员都没来得及跟着逃走，王维也是被叛军俘获的一个。

安禄山看重王维的才能，便召见他。王维服药致病，假装哑了不能说话。安禄山命人押送他到自己称帝的都城洛阳，担任原官职。王维又称病不能上任。安禄山只好把他软禁在洛阳普施寺中养病。

安禄山攻陷长安后，舒舒服服地过上了向往已久的帝王生活。唐玄宗是个爱享乐的人，宫中有会跪拜行礼的大象，有会跳舞的马，还有一大批梨园弟子。安禄山下令将这些都保持不动，以便自己来玩乐。

一天，叛军在长安西内苑重元门北凝碧池举行大宴，席上陈列了大量抢来的珍宝。安禄山强令一些唐朝降官陪他饮酒，又让抓来的梨园弟子们奏乐。当时有个著名的乐师雷海青称病不来，安禄山竟派人把他抓来。这些乐师对叛军的暴虐之行记忆犹新，又想起过去在宫中歌舞升平的情景，个个暗自悲伤流泪，这样一来，自然曲不成调。

安禄山一听大怒，命左右查看，凡有泪痕者立即斩首。就在这时，雷海青再也忍不住了，他把乐器在地上摔得粉碎，然后向着西方（唐朝廷所在方向）放声痛哭。安禄山气得目瞪口呆，命人将雷海青在试马殿凌迟处死。

王维有个亲密的诗友裴迪，在去普施寺探望他时谈了这件事。王维听了十分悲伤，提笔写了一首七绝：

万户伤心生野烟，百官何日再朝天？
秋槐落叶深宫里，凝碧池头奏管弦。

诗的意思是：在那秋日烟雾笼罩之中，千家万户是那么伤心。被俘的文武百官，何日才能再朝拜天子？深秋槐树的落叶盖满了深深宫殿的前院，凝碧池边那些贼人们正在吹奏管弦作乐。

这首诗被不少来探望王维的人相互传诵，后来传到灵武唐肃宗那里，肃宗因此也得知了雷海青的事迹。

安史之乱平定后，肃宗回到长安，追封了一些以死报国的大臣，其中就有雷海青；同时，将降贼和陷于贼中的官员分别定罪。古代讲究“死节”，宁可自杀也不能被叛乱之人

俘获，这才算对皇帝忠贞不贰。因此，虽然王维没有投降也要受惩处。他的弟弟王缙上书请求削去自己的官爵，为王维赎罪。

肃宗因为想起王维有《凝碧池》那首诗，对朝廷是忠心的，于是便免去了他的死罪，仅降职为太子中允。

罗隐感“弄猴”

公元881年，黄巢率起义军攻占长安，唐僖宗逃往四川成都。

那时，有一个耍猴艺人，姓孙，训练猴子的技艺十分高明。他把自己训的猴子带到朝廷上，让它们像文武大臣一样站班朝见，向皇帝行礼。僖宗看得乐不可支，立即下令赐给他朱绂（唐代四品官、五品官穿的红色官服），一个耍猴的艺人就这样一下成了朝中大官。

诗人罗隐听说后，十分感慨。他本名叫罗横，字昭谏。从二十八岁起，罗隐就开始考进士，一直考到五十五岁，始终没有被录取。他年轻时就很有诗名，但总爱在诗中讥刺政治得失，得罪了官宦，自然是每考不中了。

想想自己一腔报国热忱不被看重，竟然连一个耍猴艺人都不如，愤慨之余，罗隐挥笔写下一首七绝：

感弄猴人赐朱绂

十二三年就试期，五湖烟雨奈相违。

如何学取孙供奉，一笑君王便著绯。

诗中的“供奉”，指的是有一技之长侍奉皇上的人。诗的意思是这样的：

十几年来我一直忙着赶考，不知放弃观赏了多少家乡的美丽景致。却不知怎么才能学学那个姓孙的供奉，博得君王一笑便可以穿上红色的官服。

诗中含有的强烈讽刺意味，是不言而喻的。

有美无箴

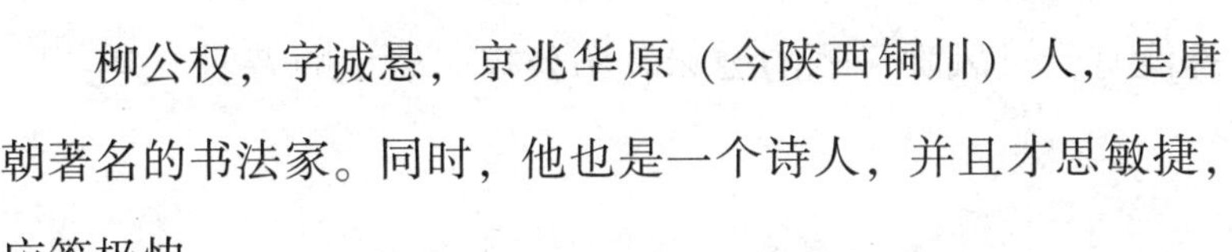

柳公权，字诚悬，京兆华原（今陕西铜川）人，是唐朝著名的书法家。同时，他也是一个诗人，并且才思敏捷，应答极快。

有一次，唐文宗李昂来到未央宫，对跟随在身边的柳公权说：“我今天有件很高兴的事。边境上士兵的春衣，每年都不能及时发到。而今年，才二月份就已经分发完毕了。”

柳公权于是便祝贺文宗。

文宗说：“单单祝贺几句太没意思，你应该作首诗来。”边上的随从们想为难柳公权，一起催他马上吟咏出来。

柳公权不慌不忙，三步之内，便应声吟道：

去岁虽无战，今年未得归。
皇恩何以报，春日得新衣。

文宗非常高兴，说："曹植还要七步成诗，而你只需三步啊！"于是重重奖赏了他。

有一年夏天，唐文宗忽然心血来潮，召集柳公权和一些大臣、学士进宫作诗联句。李昂先吟道：

人皆苦炎热，我爱夏日长。

这完全是一个帝王骄矜的口气，哪里是他不怕热，分明是没有受过风吹日晒的滋味。柳公权居然也顺着联下来：

薰风自南来，殿阁生微凉。

这样"拍马屁"的诗句，自然合文宗心意。所以虽然当时其他人也奉命联了诗，然而李昂就只看中了柳公权这两句，认为它词语、文采都不错，并让柳公权将这四句诗题在宫殿壁上。一时间，君臣莫不交口称赞。

但后代的人就不免有所批评。苏东坡就曾说过："柳公权小子，与文宗联句，有美而无箴。"意思是柳公权对文宗只有歌颂而没有规劝，因此诗句不可取。并且，苏轼还自己写了一首诗来警诫世人：

人皆苦炎热，我爱夏日长。

薰风自南来，殿阁生微凉。

一为居所移，苦乐永相忘。

愿言均此施，清阴分四方。

苏东坡在诗里，请那些在夏天不必受炎热之苦的人，要想想百姓，把自己的安逸舒适分给天下人民一些。这首诗，就可以说是“无美有箴”了。

少小离家老大回

唐玄宗时，有位诗人贺知章，喜好饮酒，性情旷达，与李白等号称“饮中八仙”。天宝三年（744年），由于李林甫、杨国忠等奸党专权，朝政腐败，贺知章上疏辞官，请求度为道士，返回故乡。皇帝同意了，于是他回到了离别多年的故乡——越州永兴（今浙江杭州萧山区西）。

这天，阳光明媚，贺知章兴冲冲地来到村边，日思夜想的故乡就在眼前。正要往自家门前走，一群天真可爱的孩童笑嘻嘻地围了上来，都瞪眼望着他。一个稍大些的孩子惊奇地问：“您从哪里来呀？您是哪家的客人？”贺知章乐呵呵地拉住了孩子的手，吟诗道：

少小离家老大回，乡音无改鬓毛衰。

儿童相见不相识，笑问客从何处来。

诗人当年离开家乡时，还是位束发童子，今日归来，已是皓首苍颜的长者了，而浓重的乡音依然未改。如今的孩子们怎么能认得出他呢？直当诗人是远方来的客人，并天真地问道："你从哪里来呢？"

这是一首随意挥写、毫不雕饰、情真意切的名诗，千百年来为人们所传诵。诗人由长安返回故乡时，已近八十六岁，少小离家，垂老回归，自然是思绪万千；但在诗中没有去展叙，而是以朴素的语言，先写离家时间之久，再从儿童的角度来写，显得活泼生动，情趣盎然。我们仿佛看到，一位鹤发老人在一群天真烂漫儿童的簇拥下，回到了久别的家园，使全诗画面充满了生活的气息。

诗人言穷

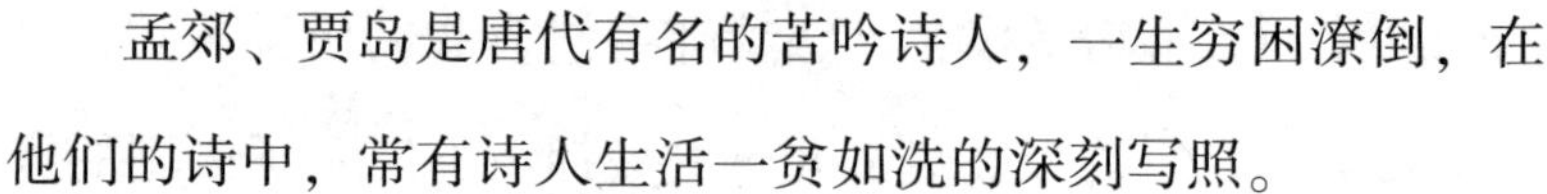

孟郊、贾岛是唐代有名的苦吟诗人，一生穷困潦倒，在他们的诗中，常有诗人生活一贫如洗的深刻写照。

孟郊的《移居》诗中有：“借车载家具，家具少于车。”自己家中没有搬家的车，只好向人家借；车子借来了，家具却填不满车。真是家徒四壁、空无一物啊！孟郊还写过一首《谢人惠炭》，其中咏道：“暖得曲身成直身。”若不是亲身尝过冻彻肌骨之时忽得一盆炭火取暖的那种滋味，如何能写出这样逼真的诗句？

贾岛曾写过这样的诗句：“鬓边虽有丝，不堪织寒衣。”天寒地冻，无衣蔽寒，就算头上的白发能用来织衣，那么这几根又织得了什么呢？他在《朝饥》诗中又说：“坐闻西床琴，冻折两三弦。”冰冻三尺，室内寒冷，就连琴弦都铿然有声地冻断了。

诗人是在数九严寒的煎熬中过活呀！

后人将他们称为苦吟诗人，是因其刻苦感人的创作态度而以此誉之。而他们诗中表达的这种贫困交加的苦寒生活，又是诗人独特人格的真实写照。

李贺叹书生

在中晚唐时期的诗人群中，李贺是突出的一个。他弱龄早慧，七岁时就以诗名传美京师，受到韩愈、皇甫湜等文章巨公的重视。但李贺短暂的二十七年生命中，是充满了坎坷的。

李贺的父亲叫李晋肃，做过边疆的小官，谁料到他的名字竟给儿子带来了噩运。

元和二年（807 年），十八岁的李贺准备参加进士考试。他以自己一首《雁门太守行》赢得国子监博士韩愈的赞赏，前途似乎充满光明。

但李贺的才华早已引起了一些妒贤嫉能者的不安，他们上书朝廷，说李贺父亲名字叫“李晋肃”，因为“晋”与“进”同音，为了避讳，李贺不能考进士。而皇上自来就维护这样的封建道德，于是竟剥夺了李贺参加进士考试的权利。

韩愈听说后，愤愤不平，亲自提笔写了篇题为《讳辩》的短论，为这位文坛奇才辩理，文中这样写道：

父名“晋肃”，子不得举“进士”；若父名“仁”，子不得为“人”乎？

这篇文章写得犀利有力，但是，同千百年来的“孝道”相比，它也无疑是以卵击石。李贺最终无法通过进士考试求取功名，只在太常寺当过两年多奉礼郎的小官，这使他感到十分屈辱。元和八年（813 年），他辞官回到家乡昌谷，过了三年，患病死于家中。

李贺短促的一生，怀才不遇，远大抱负无法施展，心情十分抑郁，便把全部精力倾注在诗歌创作上。但在内心深处，他却深深地为自己未酬的壮志遗憾，不满自己与诗书笔墨为伴，他的《南园》组诗中第五首写道：

男儿何不带吴钩？收取关山五十州。
请君暂上凌烟阁，若个书生万户侯？

诗的意思是：是好男儿为什么不佩带上吴钩，去收复关山失陷的五十州郡？请你到凌烟阁上看看，那里画着的功臣，有哪个是书生而被封为万户侯的呢？凌烟阁是唐朝皇宫里的殿阁，贞观十七年（643 年），唐太宗为表彰开国元勋，命画家阎立本绘长孙无忌、魏征等二十四功臣的图像于凌烟

阁上。

《南园》组诗之六写道：

寻章摘句老雕虫，晓月当帘挂玉弓。
不见年年辽海上，文章何处哭秋风？

诗的意思是：破晓时分，玉弓似的残月照在窗帘上，自己每晚寻章摘句，做着雕虫小技的营生，实在无聊。难道不见辽东渤海一带，战乱连年，即使写了像宋玉那样好的悲秋文章，又有什么用处呢？

读着这些饱含不平之气的诗篇，我们怎能不为这位天纵奇才而叹息呢？

戎昱不移姓

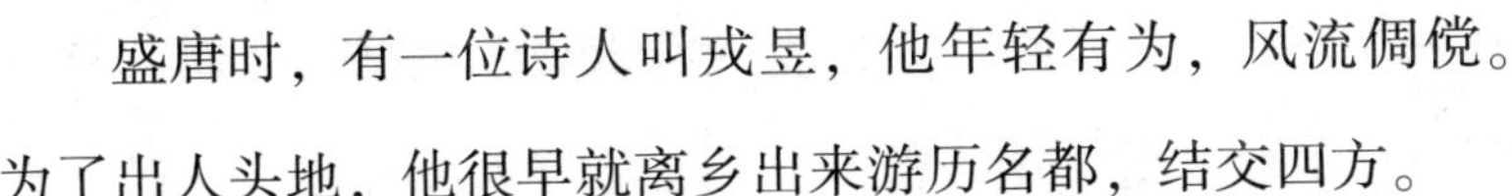

盛唐时，有一位诗人叫戎昱，他年轻有为，风流倜傥。为了出人头地，他很早就离乡出来游历名都，结交四方。

当时，京兆尹李銮权势赫赫。一次偶然的机会，戎昱结识了李銮。李銮见他才华横溢，日后定能飞黄腾达，便有心把自己的爱女嫁给他为妻。

于是，李銮便叫来戎昱，向他提出这个打算。戎昱自然非常乐意。李銮又对他说：

“我觉得你的姓氏‘戎’太冷僻，读起来不顺口，将来亲朋相见，介绍起来也别扭。倒不如改个好听一点的姓氏，你看如何？”

戎昱听了这话，沉思了一下，便拿起笔来在一张诗笺上挥洒起来。李銮想这个小小的建议一定会得到这个未来女婿的同意，于是就捻着胡须高高兴兴地接过诗笺读起来：

山上青松陌上尘，云泥岂合得相亲？
举世尽嫌良马瘦，惟君不弃卧龙贫。
千金未必能移姓，一诺从来许杀身。
莫道书生无感激，寸心还是报恩人。

戎昱在诗中把自己比成受尽世路坎坷的千里良马，比成隐居隆中的诸葛亮，虽然“瘦”“贫”的处境辛酸艰危，但诗人是孤傲的。山上的青松与道路上的尘土怎能相同，云与泥一个高一个低怎能结亲？世人都嫌弃千里马的瘦弱，只有您不嫌弃卧龙的贫困。但千金未必能让人改姓，一句诺言却常常可以以生命相许。不要说书生心中没有感激之情，您的恩德我将衷心报答。

就这样，诗人拒绝了一桩攀龙附凤的姻缘，而维护了自己的尊严。

鹰隼莫相猜

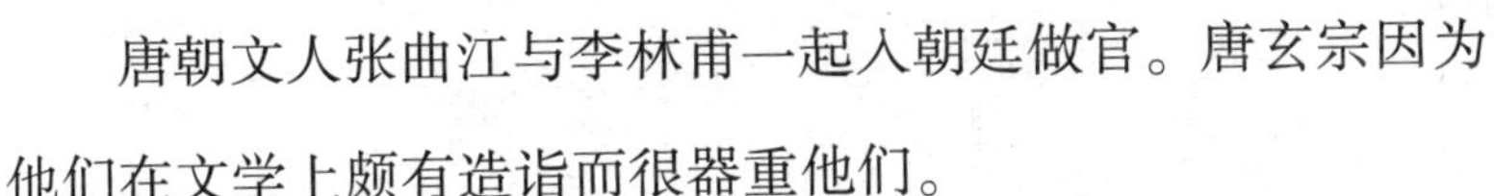

唐朝文人张曲江与李林甫一起入朝廷做官。唐玄宗因为他们在文学上颇有造诣而很器重他们。

后来，李林甫的野心渐渐显露出来。他为了自己能往上爬，开始嫉贤妒能。张曲江也越来越被他视为肉中刺。他暗中和亲信们说，有朝一日一定搞垮他。张曲江也渐渐感觉到了李林甫的野心，他看出来李林甫越来越嫉恨自己，便写了一首《咏燕》诗，以表明自己的态度。

诗是这样写的：

海燕何微妙，乘春亦竟来。

岂知泥滓贱，只见玉堂开。

绣户时双入，华轩日几回。

无心与物竞，鹰隼莫相猜。

诗的意思是说：燕子是多么有灵性的鸟儿，趁着春风暂时飞来这里。哪里想到会被污泥溅染，眼中只看见高雅洁净的玉堂打开了门。燕子只喜欢成双入对地自由出入在绣户朱门，或是在华美的轩堂中飞舞，并没有和谁竞争的心思，那些险阴的鹰隼不要胡乱猜疑。

这首诗把自己比作燕子，无意于功名利禄，把李林甫之流讽刺为狡诈阴毒的鹰隼，用语十分巧妙。

李林甫得诗后，非常尴尬，但又无可奈何。

英雄解诗

黄巢是唐末农民起义的领袖，他发动的起义，沉重地打击了唐朝统治者。同时，这位英雄又是个风雅之人，他曾写过两首菊花诗，都流传至今。

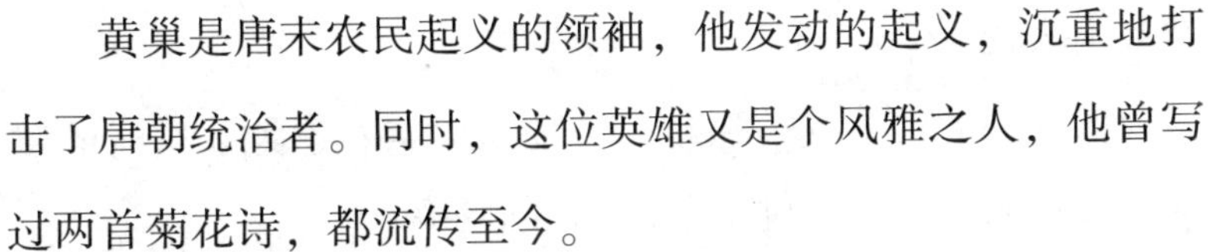

黄巢出生于曹州冤句（今山东曹县西北）农民家庭，因为生计所迫，曾经以卖盐为业。当时是僖宗乾符年间，举国灾荒不断，广大百姓朝不保夕，而贪官污吏们却仍旧花天酒地。黄巢自幼胸怀大志，喜欢舞刀弄枪，又熟读诗书，见世道日下，便有了“取而代之”的想法。当时正值深秋，菊花怒放，黄巢便写了首《题菊花》诗来表达自己的志向：

飒飒西风满院栽，蕊寒香冷蝶难来。
他年我若为青帝，报与桃花一处开。

这首诗以“菊花”来象征处于水深火热之中的百姓，

"蕊寒香冷蝶难来"，暗喻百姓贫困、不受重视。黄巢在诗中表示，如果自己做了司春之神青帝，就会让菊花与桃花一齐在春天开放，言下之意是说如果自己有了变革社会的大权，就会给百姓谋福利。

但那时，黄巢的这些想法还是一时愤慨，并未成熟，他对统治者还抱有幻想。因此，他不久后又上京参加了考试。路途上所见所闻，都是民不聊生的惨象。考场上，也是赃官当权，营私舞弊。黄巢落第的事实又告诉他，仕宦之途并不是报国之途。

离开长安时，又值深秋，长安城内菊花遍地。这时的黄巢，已没有了真正赏花的心情。他眼望菊花，满心忧愤，暗暗决心推翻这黑暗的李唐王朝，建立一个属于农民的政权。于是，他又写了一首《菊花》，在诗中立下了誓言：

待到秋天九月八，我花开后百花杀。
冲天香阵透长安，满城尽带黄金甲。

这首诗抒发了他的豪情壮志。由于当时的形势所迫，黄巢把自己的志愿巧妙地藏在诗句当中。从表面看来，这是一首优秀的咏花诗，但后人却可以看出来这首诗的真正含义：待到明年秋天九月八，我将率领大军扫灭唐王朝，那时长安将杀气冲天，满城都将是我的人马。

后来，黄巢于乾符二年（875 年）起兵，自称“冲天大将军”。这种“冲天”的壮志，充分表现了农民起义军敢于“犯上作战”的豪情。黄巢于广明二年（881 年）十二月攻占了长安，实现了他诗中的志愿。后来虽然兵败于泰山，自杀身亡，但他的两首诗却永远流传下来。

投石问路

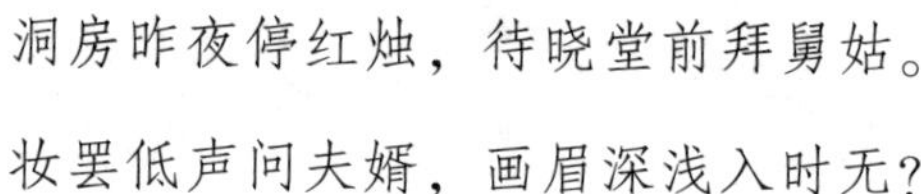

洞房昨夜停红烛，待晓堂前拜舅姑。

妆罢低声问夫婿，画眉深浅入时无？

这是一首长久以来脍炙人口的诗，它把一个新娘拜见公婆前的紧张心情、语言神态刻画得栩栩如生：洞房昨夜点着大红蜡烛，天亮时等待到堂前去拜见公婆。梳妆完毕，低声向丈夫问道：我的眉毛画得浓淡合适不合适？

从字面的意思来看，这是一首优美动人的“闺意”诗。但其实它是一首行卷。行卷是唐代应举者所作，献给朝中显贵，希望得到他们赏识的诗文卷轴。

这首诗是唐代诗人朱庆馀所作，题目叫《闺意献张水部》，又题作《近试上张水部》。

朱庆馀参加完进士考试后，心里忐忑不安，不知道自己的诗作得怎么样。同窗们有的已经写好了行卷，准备献给朝中显贵。朱庆馀想，自己在京城谁也不熟识，即使写了行卷，送去也难免不被重视。想写首诗给张水部（张籍）问问自己有没有希望吧，又怕他是一个特别严谨的人，见了这样“打探消息”的行卷会反感，反倒弄巧成拙。

想来想去，朱庆馀决定写一首含蓄的行卷，既表达了自己的心情，又不会让张水部觉得突兀。于是，便有了《闺意献张水部》这首诗。诗中，诗人以新娘自居，比张水部为新郎，以姑舅比主考官，问张籍自己的诗是否符合主考官的要求。这首诗既含蓄地表达出一个考生的心情，又不露痕迹地完成了它投石问路的使命。

逞才

杜牧发狂言

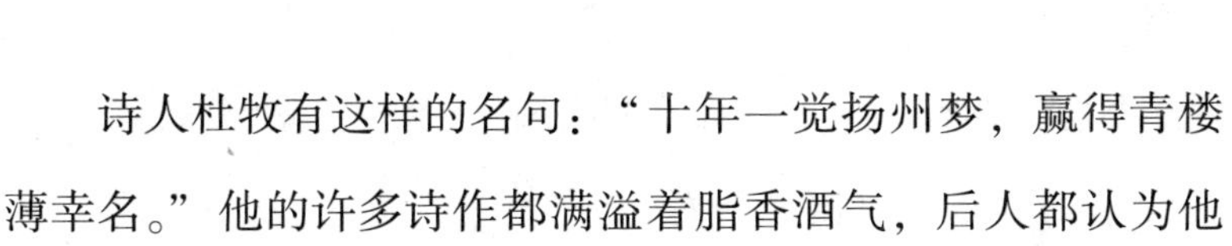

诗人杜牧有这样的名句："十年一觉扬州梦，赢得青楼薄幸名。"他的许多诗作都满溢着脂香酒气，后人都认为他是一个纵情声色的浪子诗人。

其实，杜牧也曾怀有报国大志，但仕途失意，他只好结交名妓，畅饮醇酿，品听管弦，以此抒散积郁，摆脱名利的束缚。因此养成了放浪不羁的性格。

杜牧做监察御史的时候，专管辖洛阳。那时，李司徒退官在家闲居，他家里养了许多名妓，在洛阳城中声名赫赫。

一次，李司徒在家中举行酒宴，众位名流都非常盼望得到请柬，好一睹名妓风采。杜牧自然也早就翘首以待。可是，眼看就到了赴宴的日子，请柬也没有来。杜牧心中很是不满，于是便对一位来他府上的客人说了此事，大大数落了一通李司徒。客人知道他很想参加，便去告知了李司徒。

李司徒本来想着杜牧身为监察御史，请他来赴自己家中这样的宴会不太合适，所以没敢邀请。现在既然他想来，那倒是巴不得呢！于是立即给杜牧下了请柬。

到了那天，杜牧高高兴兴拿着请柬来赴宴。果然，宴会之上来来往往穿行着一百多个女妓，都是容貌绝美，又技艺非凡。杜牧独自坐在南边的一排椅子上，毫不掩饰自己的赞赏之态，只见他瞪大眼睛，一眨不眨地看了半天，接着满满倒上一杯酒，一饮而尽，连尽三杯后，大声向李司徒问道：

“我听说有一位名叫紫名的姑娘，哪一位是？”

李司徒便用手指给他看。

杜牧紧紧地盯着那个姑娘看了半天，然后大声夸道：“真是名不虚传。把她送给我吧！”

李司徒听了，忍不住低下头使劲笑。诸位女妓听着这样放肆的话，也纷纷回头来看，发现竟然是大名鼎鼎的监察御史，便都一个个惊讶地笑起来。

杜牧也不管别人，自顾自又一连喝了三杯酒，站起身来高声吟道：

华堂今日绮筵开，谁唤分司御史来？
忽发狂言惊满座，两行红粉一时回。

诗的大意是：华丽的厅堂上今日大摆盛美的筵席，是谁把我这东都御史邀请到你们中间？我偶尔说了几句妄诞的话使满座震动，排列成两行的女妓也不由回过头把我偷看。

杜牧吟完诗，又坐下自斟自饮，旁若无人。

春风得意

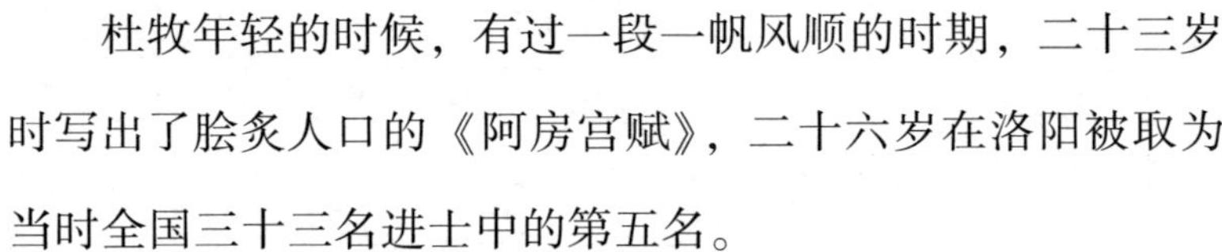

杜牧年轻的时候，有过一段一帆风顺的时期，二十三岁时写出了脍炙人口的《阿房宫赋》，二十六岁在洛阳被取为当时全国三十三名进士中的第五名。

这一年，杜牧又到长安参加皇帝亲自主持的考试。行前，杜牧写了一首《及第后寄长安故人》：

东都放榜未花开，三十三人走马回。
秦地少年多酿酒，即将春色入关来。

这首诗的大意是：在东都洛阳虽然考中了，但尚未取得关键的成功。我们这三十三人，又骑马奔赴长安了。长安的老朋友们，多多地酿制美酒吧！我们就要带着出色的成绩经过函谷关到长安来了！

这首诗写得意气风发，诗人毫不掩饰自己春风得意的心情，以及马到成功的自信。

果然，这次杜牧在长安又考中了。年纪轻轻连中两次，杜牧的名字传遍了长安。

一天，杜牧到长安城外一座寺庙游玩，他暗暗以为庙中的老僧一定知道自己的大名，可是一问，老僧却说不知道。杜牧很是惊讶，于是写了一首《赠终南兰若僧》：

家在城南杜曲旁，两枝仙桂一时芳。
禅师都未知名姓，始觉空门意味长。

诗里说：我家就是长安城赫赫有名的杜家，我曾因两次高中而闻名当今。可您这位禅师却不知道我的姓名，才知道佛门真是意味深长啊！

这首诗在得意之余又有些遗憾，对老僧流露了一些不满，可见杜牧曾是多么年少意气，恃才放旷。也许，那位老僧并不是不知他的大名，而是想扫扫他的骄气呢！

雍陶改桥名

雍陶是唐文宗太和八年（834 年）的进士，他先后做过毛诗博士、简州刺史、雅州刺史，与当时的诗人贾岛、徐凝等很有交情，经常在一起饮酒、听琴、赋诗。雍陶的诗作，在当时也风行一时。

雍陶任雅州刺史时，一次送位朋友远行，送至阳安城外的一座桥边。他问手下：

“这桥叫什么名字？”

手下人回答：“叫情尽桥。”

雍陶问：“这名字有什么含意呢？”

“送人送到这里，一般都止步了，因此叫情尽桥。”

雍陶听了皱起眉头说：“送到桥上止步，情也并未尽呀，这名字不好。”

于是，他提笔在桥柱上写了“折柳桥”三个字，并赋诗一首：

从来只有情难尽，何事名为情尽桥？
自此改名为折柳，任它离恨一条条。

古人送别时，喜欢折柳相送，因为柳树极易存落，插柳成荫，有希望出门者随遇而安的意思；又加上柳枝丝丝缕缕，正像离别时的纷乱心绪。在当时长安郊外，就有一座灞桥，桥边种满柳树。

因此，雍陶把情尽桥改名为“折柳桥”。由这件“擅改桥名”的轶事，也可以看出他恃才傲睨的个性。

后来，雍陶由于与时人不和，便隐居庐山，啸傲而终。

即兴吟咏

在中国文学史上，许多诗人常常不假思索，出口成诗。“大历十才子”之一的李端，就有即兴吟诗的美谈。

有一次，大将郭子仪的儿子郭暧驸马升迁，大宴宾客。李端平时就以诗才结交了郭妻昇平公主，这次更是上客。席间，昇平公主让李端作诗相贺，李端顷刻就吟成一首。公主非常高兴，在座众人也赞叹不已。只是曾写过“曲终人不见，江上数峰青”的钱起不服，他说：“这一定是李端事先早已写好的。现在，请他用我的姓‘钱’字为韵再作一首，我才信呢！”李端听了，微微一笑便张口吟道：

方塘似镜草芊芊，初月如钩未上弦。
新开金埒看调马，旧赐铜山许铸钱。
杨柳入楼吹玉笛，芙蓉出水妒花钿。
今朝都尉如相顾，愿脱长裾学少年。

众人见了诗，更为叹服，认为这首比刚才的那首还要好，钱起也不由得佩服李端作诗才思敏捷。

五步成诗

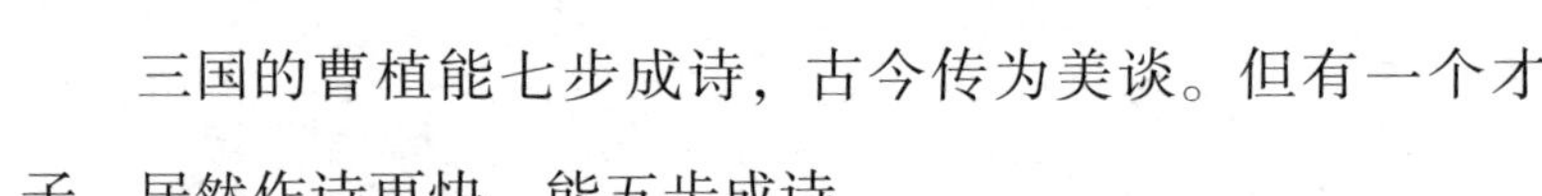

三国的曹植能七步成诗，古今传为美谈。但有一个才子，居然作诗更快，能五步成诗。

唐朝开元年间，零陵人史青，从小勤奋好学，博闻强记。一次，他向唐玄宗上表自称说：“曹植七步之内作出诗来还稍微慢了些，我在五步之内就可以做到。”

玄宗见表十分惊奇，当即下诏相见，并以《除夕》为题，让他作首诗。史青一边踱步，一边思索，一、二、三、四、五，“有了！”史青真的刚走出五步，就吟出一首诗：

今夜今宵尽，明年明日催。
寒随一夜去，春逐五更来。
气色空中改，容颜暗里回。
风光人不觉，已著后园梅。

这首诗把“除夕”的特殊之处写得很形象。今夜之后，便是明年，便是带着春天气息的“春节”了。同时，又写了在年末的这天，对时光流逝的感叹：人的容貌已经暗暗衰老了。最后一句又有着深刻的含义：你没有留意到，后园的梅花已经开放了！把希望寄于春天。

玄宗见了诗，非常赞赏史青的才华，当即让他做了左监门将军。

白居易藏诗

古代的许多文人，在政治上失意时，便会把精力放在文学创作上，力图以文章传名于后世。唐代诗人白居易就是如此。

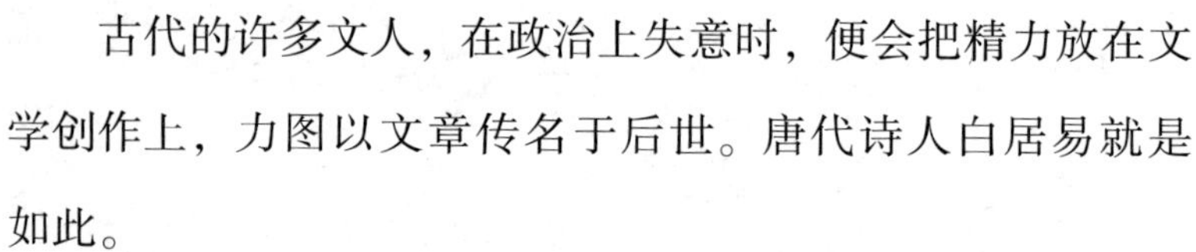

元和十年（815 年），白居易被贬为江州司马时，将自己写的约八百首诗，编成十五卷诗集，并在卷末题了一首有趣的七律来表达自己的快慰之情。

编集拙诗成一十五卷，因题卷末，戏赠元九、李二十

一篇长恨有风情，十首秦吟近正声。
每被老元偷格律，苦教短李伏歌行。
世间富贵应无分，身后文章合有名。
莫怪气粗言语大，新排十五卷诗成。

诗的意思是：一篇《长恨歌》充满风情，十首《秦中

吟》声洪质正。老朋友元稹经常学我的风格韵律，短小精悍的那个李绅也佩服我的乐府诗。人世间的富贵没有我的份了，但死后我的文章会赢得声名。不要怪我气粗话大，我的十五卷诗集已经编排成了。

这次编成集的诗，只是白居易诗歌的一小部分。后来，白居易又最后编订了自己的诗文集共七十五卷，有诗文共三千八百四十篇。这些诗文集都是手抄而成，共抄了五套，一套放在庐山东林寺经藏院，一套放在苏州南禅寺经藏内，一套放在东都洛阳胜善寺钵塔院律库楼；一套交给侄儿龟郎保管，一套交给外孙谈阁童，藏在他们家中，传给后代。白居易的这些诗文集，都藏在坚固的柏木柜中，白居易为此还写了一首诗：

题文集柜

破柏作书柜，柜牢柏复坚。
收贮谁家集？题云白乐天。
我生业文字，自幼及老年。
前后七十卷，小大三千篇。
诚知终散失，未忍遽弃捐。
自开自锁闭，置在书帷前。
身是邓伯道，世无王仲宣。
只应分付女，留与外孙传。

诗的最后四句意思是：我像晋代的邓伯道一样没有儿子，当今世上也没有像三国的王仲宣那样的异才使我把著作托付给他。只好告诉女儿，留给外孙传下去吧！

可惜的是，由于唐末及五代的连年战乱，白居易的五套原抄本全散失了。经后人整理，才流传下七十一卷诗文集。

酒楼比诗

传说在开元年间，著名诗人王昌龄、高适和王之涣三人闲居长安。一天，下着小雪，三人一起到酒楼去喝酒。酒楼里非常热闹，因为正赶上梨园伶官（也就是皇家乐队、演员等）数十人举行宴会。宴会进行到高潮，有四个美丽的姑娘便开始唱歌。

那时，人们喜欢为一些诗词配上乐曲来演唱，写得好的诗歌自然备受青睐。王昌龄他们三个边喝酒边在旁边观看。高适突然想到一个主意，说："我们在诗坛上都很有名，但是从来也没有分过高下。这回根据她们四个姑娘唱的歌词，看谁的诗出现得多就算谁最高明。"

第一个姑娘唱道："寒雨连江夜入吴，平明送客楚山孤。洛阳亲友如相问，一片冰心在玉壶。"王昌龄忙说："我一首。"并在墙上画了一横记着。

第二个姑娘接着唱："开箧泪沾臆，见君前日书。夜台何寂寞，犹是子云居。”高适忙在墙上画上一道说：“这是我的绝句。”

第三个姑娘唱道：“奉帚平明金殿开，且将团扇共徘徊。玉颜不及寒鸦色，犹带昭阳日影来。”王昌龄得意地在墙上又画一道：“我两首了！”

王之涣看这情况急了，说：“这些唱歌的姑娘可不怎么样，唱的诗可见也没什么高明。”于是他指着姑娘们中一个最美的说：“听她唱，如果不是我的诗，我就一辈子不敢再和你们比诗了。”

过了一会儿，这个姑娘唱道：“黄河远上白云间，一片孤城万仞山。羌笛何须怨杨柳，春风不度玉门关。”三人一听，鼓掌大笑。原来这正是王之涣的一首七绝。伶官一看不知怎么回事，一问才知道他们就是这些诗的作者，于是纷纷给他们行礼，并且请他们参加宴会。三个人尽欢而散。

斗酒诗百篇

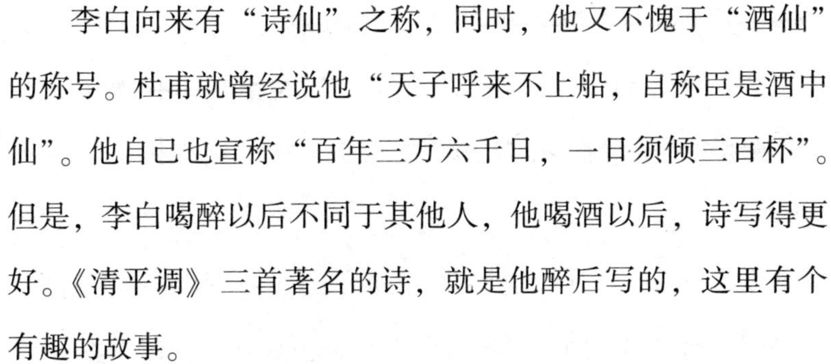

李白向来有“诗仙”之称，同时，他又不愧于“酒仙”的称号。杜甫就曾经说他“天子呼来不上船，自称臣是酒中仙”。他自己也宣称“百年三万六千日，一日须倾三百杯”。但是，李白喝醉以后不同于其他人，他喝酒以后，诗写得更好。《清平调》三首著名的诗，就是他醉后写的，这里有个有趣的故事。

开元年间，皇宫中初次种植牡丹，红的、紫的、粉的、白的都有。唐玄宗很喜欢这些花，就移植了一些在兴庆宫龙池东面的沉香亭前。一天，牡丹盛开，玄宗与杨贵妃一起来赏花，并选出一些特别出色的乐工，写出了十六部新曲谱。著名乐师李龟年，拿着乐器和乐工们一起前来准备唱歌助兴。

玄宗说：“今天赏花王牡丹，又有贵妃在，怎么能再用旧歌词呢？”于是命令李龟年速召翰林居士李白进宫，写新歌词再唱。

李龟年带人到翰林院，李白却一早出去喝酒了。于是李龟年又到长安城中找。忽然听到一座酒楼上有人高声放歌：

三杯通大道，一斗合自然。
但得酒中趣，莫为醒者传。

李龟年忙上楼一看，果然是李白，于是便上前高声说："奉旨立宣李学士沉香亭见驾。"谁知李白已酩酊大醉，口中念道："我醉欲眠君且去。"说完趴在桌子上睡着了。李龟年没办法，只好叫随从抬着李学士下楼，用马把他驮到兴庆宫。

李龟年扶着李白来到玄宗面前，李白醉极了不能朝拜。玄宗因为爱惜李白的才华，所以一点也不怪罪，让人在亭子边铺了条毛毯，让李白躺下，又让歌女念奴含冷水洒面。李白醒后，见到皇帝，连忙挣扎着跪下说："臣该万死。"玄宗叫人立即做醒酒汤来，又亲自用勺子调温，让李白喝下，然后说："今天牡丹盛开，我和贵妃赏玩，不想听旧歌词，所以请你来作几首新的。"

李白听了，就说："这倒不难，只是请皇上赐酒。"玄宗听了，有点不高兴："刚把你弄醒，你又要喝酒，是不是存心违抗我呢？"李白说："皇上，我是斗酒诗百篇，喝了酒才作得出好诗。”玄宗就让人捧来酒。李白一口气喝了好几杯，立即提笔，在铺好的纸上龙飞凤舞起来，三首《清平调》一会儿就完成了：

（一）

云想衣裳花想容，春风拂槛露华浓。
若非群玉山头见，会向瑶台月下逢。

（二）

一枝红艳露凝香，云雨巫山枉断肠。
借问汉宫谁得似？可怜飞燕倚新妆。

（三）

名花倾国两相欢，长得君王带笑看。
解释春风无限恨，沉香亭北倚阑干。

《清平调》第一首的意思是：美丽的贵妃，她的衣裳让灿烂的云霞向往，她的容颜让娇艳的花朵羡慕。阑干外春风吹拂着带露的牡丹，这样的美景只有在女神王母娘娘住的群玉山头方能见到，只有在她宫殿瑶池里面，才会遇到像贵妃一样美丽的人。

第二首的意思是：一枝含露的红花艳丽而芳香，古代的楚王只能在梦里见到虚幻的神女并为她相思断肠，哪比得上这样的美艳就在眼前。汉朝的宫殿中哪位美人才比得上贵妃

呢？只有那楚楚动人刚妆扮好的赵飞燕了（赵飞燕是西汉成帝的皇后，历史上著名的美人，传说她身轻似燕，能立在人托的盘子上跳舞）。

第三首的意思是：艳丽名贵的牡丹和倾国倾城的美人两相辉映，君王带笑高兴地看个不停。在沉香亭倚着阑干欣赏名花美人，不管有多少春愁春恨，都会被化解得无影无踪。

玄宗读了三首《清平调》，非常高兴，马上命令乐工们调试好乐器，并催李龟年演唱。盛唐时代的一些著名音乐家都为他伴奏，李谟吹笛，花奴击羯鼓，贺怀智击方响，郑观音弹琵琶，张野狐吹觱篥。玄宗兴致一来，也拿起玉笛吹奏起来。每支曲子唱过之后，都要改变节奏，缓慢地再唱一次，听起来特别柔婉动人。杨贵妃在旁边手执花枝含笑聆听，非常高兴。

唱毕，玄宗命贵妃执七宝杯，赐李学士一杯西域产的葡萄酒。

从这段故事看来，李白是深受皇帝宠爱的，但是，这种宠爱，只是想利用他的诗章，歌颂升平，增加宫廷生活的乐趣。这并不是李白希望的。虽然他在长安写了大量词采华美的诗章，但心情是苦闷的，这大概也是贪杯图醉的原因之一吧！

黄鹤楼

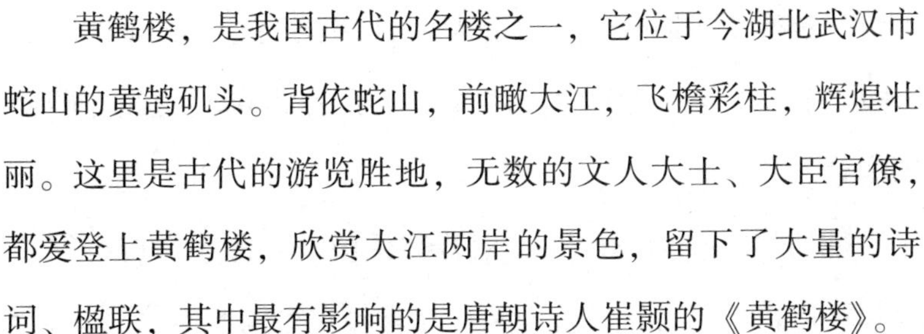

黄鹤楼，是我国古代的名楼之一，它位于今湖北武汉市蛇山的黄鹄矶头。背依蛇山，前瞰大江，飞檐彩柱，辉煌壮丽。这里是古代的游览胜地，无数的文人大士、大臣官僚，都爱登上黄鹤楼，欣赏大江两岸的景色，留下了大量的诗词、楹联，其中最有影响的是唐朝诗人崔颢的《黄鹤楼》。

传说李白壮年时到处游山玩水，在各处都留下了诗作。当他登上黄鹤楼时，被楼上楼下的美景引得诗兴大发，正想题诗留念时，忽然抬头看见楼上崔颢题的诗：

昔人已乘黄鹤去，此地空余黄鹤楼。
黄鹤一去不复返，白云千载空悠悠。
晴川历历汉阳树，芳草萋萋鹦鹉洲。
日暮乡关何处是，烟波江上使人愁。

这首诗的意思是：过去的仙人已经驾着黄鹤飞走了，这里只留下一座空荡荡的黄鹤楼。黄鹤一去再也没有回来，千百年来只看见自在悠闲的白云。阳光照耀下的汉阳树木清晰可见。鹦鹉洲上，处处芳草，青翠茂盛。天色已晚，眺望远方，故乡在哪儿呢？眼前只见一片雾霭笼罩江面，给人带来深深的愁绪。

这首诗先写景，后抒情，一气贯注，浑然天成，即使有一代“诗仙”之称的李白，也不由得佩服得连连赞叹，觉得自己还是暂时止笔为好。为此，李白还遗憾得叹气说：“眼前有这么美好的景色却不能赞美，因为崔颢已经先题诗了啊！”

虽然如此，李白却一直记着这件憾事，总想有机会写首诗和崔颢的那首比一比。后来，李白在游金陵凤凰台的时候，仿效崔颢的诗，写了一首《登金陵凤凰台》：

凤凰台上凤凰游，凤去台空江自流。
吴宫花草埋幽径，晋代衣冠成古丘。
三山半落青天外，二水中分白鹭洲。
总为浮云能蔽日，长安不见使人愁。

这首诗的意思是：凤凰台上曾经有凤凰游憩，凤凰飞走后只剩下凤凰台，但长江依然奔流不息。吴国王宫里，野花杂草埋没了僻静的小路。东晋时代的王公贵族们都死去了，只留下一座座荒凉的坟墓。从凤凰台上远望，三山隐没于烟雾之中，仿佛大半坐落于青天之外。位于江心的白鹭洲把秦淮河分为两道。天上的浮云遮蔽了太阳的光辉，望不见长安使人心中无限忧愁。

李白的这首诗也成为历代传诵的名作，“凤凰”终于赶上了“黄鹤”，在诗坛上两“鸟”比翼齐飞，嘤嘤相鸣，留下一段佳话。

咏 鸟

李义府，唐朝瀛洲饶阳（今属河北）人，曾任贞观年间的门下省典仪和高宗时的中书令。相传他容貌柔恭，常带微笑，而阴怀褊忌，时人称为“李猫”。

李义府八岁时，就已乖觉伶俐，能诗善对，号称神童。太宗听说后，就召他入京师。

一次，太宗在上林苑中游玩，有人捕到一只鸟，太宗便赐给了随行的李义府，李义府借机进诗曰：

日里扬朝彩，琴中伴夜啼。
上林如许树，不借一枝栖。

诗的意思是：在太阳中扬起朝霞样的翅膀，伴着古琴《乌夜啼》夜鸣。上林苑这么多树，不能借我一枝栖息？太宗见诗，笑着说：“我借你全树栖息吧！”于是李义府得以高升。

神童刘晏

天宝年间，有个神童名叫刘晏。他年龄才十岁，就已经在朝廷中担任秘书省正字的官职了。

有一次，杨贵妃开玩笑问他说：“你当秘书正字，不知正了几个字？”他立即回答说：“诸字皆正，唯有‘朋’字不正。”刘晏在这里讽刺了一下杨贵妃，但贵妃没有听出来。唐代通行的隶书写“朋”字时，就是歪的。同时，杨贵妃与杨国忠一伙大搞朋党，自然也不是正的。十岁的小孩能说出这样厉害的双关语，实在不简单。

天宝十年（751 年）九月，长安天气有些异常，温暖的气候持续很久。以前从南方移植过来的柑橘树，因为气温低一直没有结果，那一年却结了二百多个橘子。玄宗认为这是个吉祥的兆头，于是下圣旨在勤政务本楼前招待老百姓参加宴会。

那天非常热闹，楼下音乐齐奏，并有很多游艺活动。其

中有个杂技艺人王大娘，在头上顶了一根一丈八尺长的竹竿，竿上吊着一座木山，一个小孩在木山上来来往往唱歌，王大娘顶着竹竿在下面起舞，节奏与歌声相应。

玄宗看了很高兴，便让刘晏赋诗一首。刘晏便应声吟道：

楼前百戏竞争新，惟有长竿妙入神。
谁谓绮罗翻有力，犹自嫌轻更著人。

诗的意思是：楼前各种各样的技艺一样比一样新奇，但是只有王大娘耍的竹竿奇妙入神。谁能料到她虽然是个妇人反而力气很大，还要嫌竹竿太轻要再加一个小孩上去表演。

玄宗、贵妃以及诸官，都对刘晏的诗才表示赞赏。

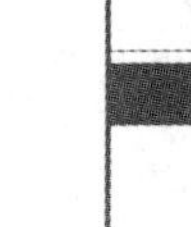

玄宗面试李泌

相传李泌在七岁的时候，诗就非常有名。唐玄宗听到后，召他进宫面试。

这天，李泌来到宫里，玄宗正和宰相张说下围棋。玄宗以“方圆动静”为题，叫张说试李泌的诗。张说先咏道：

方如棋局，圆如棋子。
动如棋生，静如棋死。

李泌听后，稍加思索，随之咏道：

方如行义，圆如用智。
动如逞才，静如遂意。

李泌咏罢，张说自愧不如，忙向皇帝道贺：“真是圣明

时代的大喜啊!”唐玄宗非常高兴，赏了李泌许多物品，后命他到东宫陪伴太子读书。李泌一生，很有作为，曾在三个皇帝手下掌过大权，地位显赫，功勋卓著，称得上唐代著名的政治家之一。

七 女秀

上官婉儿判诗

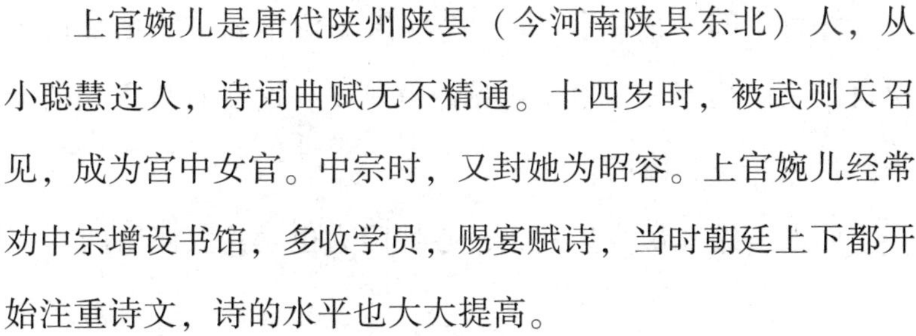

上官婉儿是唐代陕州陕县（今河南陕县东北）人，从小聪慧过人，诗词曲赋无不精通。十四岁时，被武则天召见，成为宫中女官。中宗时，又封她为昭容。上官婉儿经常劝中宗增设书馆，多收学员，赐宴赋诗，当时朝廷上下都开始注重诗文，诗的水平也大大提高。

一年正月，中宗到昆明池宴饮，命群臣赋诗，并搭了一座彩楼，让上官婉儿在上面评判，选出一首最好的来作新的歌曲。群臣都在楼下等待结果。

不一会儿，从楼上纷纷扬扬落下许多诗笺，满天飞舞。群臣都忙着认领自己的诗作，一时之间，热闹非凡。不一会儿，拿到自己诗的人都惭愧地把诗揣在袖中，灰溜溜地走开了，楼下只剩下两个人，一个是沈佺期，一个是宋之问。他俩都是当时著名的宫廷诗人，诗才不相上下。这次，看来又要争一争了。两人相视一笑，都信心十足地等待最后结果。

过了一会儿，从楼上飘下了一页纸来，两人赶忙抢上去看，原来是沈佺期的。沈佺期很不服气。

这时，上官婉儿缓步出现在楼上，向下说道："沈、宋两人的诗功力可相匹敌。但是从最后一句看，沈佺期的是'微臣雕朽质，羞睹豫章才'，词的气势稍低。而宋之问的是'不愁明月尽，自有夜珠来'，格调昂扬，才显我朝气魄豪健。"

沈佺期听了，不由心服口服。

沈诗中的"豫章"，是一种珍贵的树木名称。他在诗中说自己是老朽年迈，羞于再见豫章良材，这在时势方兴的初唐，自然是不合流的。

而上官婉儿虽身为女子，心性眼力也是让人佩服的。

父女吟诗

薛涛是唐朝中期著名的女诗人。据说她在八九岁时与父亲合作过一首题为《井梧吟》的诗。

有一天，父女俩坐在院子里谈笑风生。父亲指着井旁挺拔的梧桐古树，随口说出一联：

庭除一古桐，耸干入云中。

然后停下来让女儿续吟成一首诗。薛涛应声而对：

枝迎南北鸟，叶送往来风。

经父女二人合作，一首《井梧吟》就完成了。

全诗语句看似平淡，尤其前两句很像是打油诗，但全诗在平淡诗句的基础上，进而写出一首颇具神奇魅力的诗来。

薛涛以父亲诗句中的“耸”字为基调，抓住丝头，缀连她锦心绣口的万缕千丝。

薛涛所续两句是一工整的对偶：枝对叶，迎对送，鸟对风，而“南北”对“往来”，乍看似乎平淡，而细细推敲，妙在其中。枝叶本是静态之物，而薛涛以“迎”“送”二字将其刻画为活物，栩栩如生，满是灵气。那飞来飞去的鸟群，反衬出古桐的高大，枝叶的茂盛。“叶送往来风”一句，将全诗推至出神入化的境界，使我们依稀耳闻鸟鸣，目见叶舞，呢呢喃喃，窸窸窣窣，好一幅意境优美的“树鸟迎春”图！

赵氏讽夫

唐代有个读书人杜羔，娶妻赵氏。杜羔多次进京赶考，但都名落孙山。赵氏是个心直口利的人，又自小读过诗书，颇有一些文采，便写诗讽刺杜羔：

夫下第

良人的的有奇才，何事年年被放回。
如今妾面羞君面，君若来时近夜来。

诗的意思是：丈夫你的确才能不凡，但为何每年都被放逐回来？现在我都因为你面上无光而羞愧，你以后回家就趁夜里人家看不见时再回来吧！

杜羔被妻子挖苦，发愤读书，终于考中了进士，要到长安去了。杜羔十分得意，便向妻子夸口，一定要取得高官厚禄再回来接她。赵氏见丈夫如此炫耀，一半好笑，一半担心，便又写诗讽刺他：

闻夫杜羔登第

长安此去无多地，郁郁葱葱佳气浮。

良人得意正年少，今夜醉眠何处楼。

诗中说道：长安这一去并没有多远，在这里都可以看见那里一片郁郁葱葱的繁华之气。丈夫你考中进士年少得志，可保不准你今晚在哪个歌妓的楼上醉醺醺地大睡呢！

赵氏第一次讽夫，是为了让他发愤进取，第二次讽夫，是提醒他不要沉湎于寻欢作乐之中而误了前途事业。这样的妻子，虽然言辞刻薄，但真正难得啊。

“才子” 辞妻

唐代末年，蜀地临邛有一个叫黄崇嘏的读书人，因为犯了小罪而被关进监狱，他不服，在狱中给蜀地长官周庠写了一首诗：

下狱贡诗

偶辞幽隐在临邛，行止坚贞比涧松。

何事政清如水镜，绊他野鹤在深笼。

诗中说：我偶然离开幽居的地方到临邛，行为举止坚贞得像涧底的青松。您处理政事清明如镜，为什么把我这只野鹤关在牢笼中呢？

周庠见诗后大为欣赏，便保他出狱并推荐他暂任司户参军。黄崇嘏上任后才干过人，周庠见他年轻有为又容貌俊雅，便想把女儿许配给他。黄崇嘏听说后，忙写诗推辞：

辞蜀相妻女诗

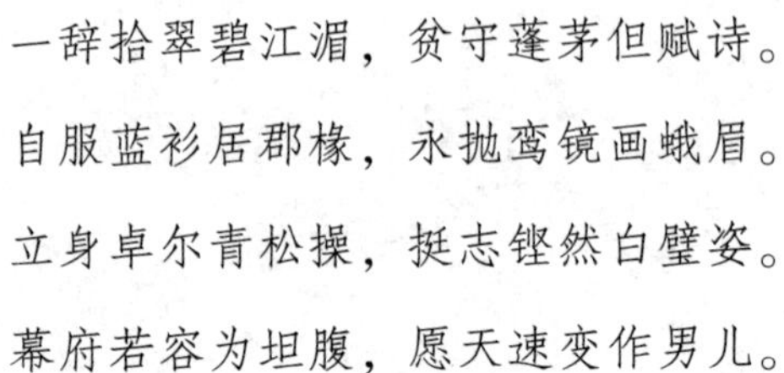

一辞拾翠碧江湄，贫守蓬茅但赋诗。

自服蓝衫居郡椽，永抛鸾镜画蛾眉。

立身卓尔青松操，挺志铿然白璧姿。

幕府若容为坦腹，愿天速变作男儿。

诗的意思是：我生长在山青水碧的江边，只愿守着贫穷的茅舍吟诗作赋。自从穿上蓝衫做了州县的小官，就永远地抛掉了用来画眉的镜子。我为人正直保持青松一样的节操，立志坚强犹如白璧无瑕。感谢您愿意招我做女婿，真希望老天赶快把我变作男子。

周庠见诗才明白，原来“才子”是“才女”，这女儿是绝对不可能嫁给她了。

王韫秀勉夫

王韫秀是唐大将王忠嗣的女儿（一说是王维的侄女），她自小聪明伶俐，才识过人。后来，嫁给元载为妻。

元载家道不幸败落，只好长期住在岳父家中，因此常受王氏家族中亲戚们的嘲笑。王韫秀气愤之余，便劝丈夫说：

“岳丈家不是男子久留之地，你应该及早自立，去长安读书赶考，以谋得一官半职，也好让那些势利之人瞧瞧。”

元载虽然也想扬眉吐气，但毕竟过惯了富贵生活，想到以后自己孤苦伶仃在外，不由心灰意冷，临行时给妻子写了首七绝告别：

别妻王韫秀

年来谁不厌龙钟，虽在侯门似不容。

看取海山寒翠树，苦遭霜霰到秦封。

诗的意思是：这些年来谁不讨厌穷困潦倒的人，我虽然是您这个富贵人家的女婿，但也不被相容。你看我就像那大山上终冬的小树，苦于遭到霜霰的摧残只好到秦（今陕西）地去了。

王韫秀见丈夫诗中有很深的自怨自艾，觉得这样下去会失去上进的勇气，于是决定和他一起去，她时时鼓励丈夫，并写了一首五言诗劝慰他：

同夫游秦

路扫饥寒迹，天哀志气人。
休零离别泪，携手入西秦。

诗的意思是：上路时要一扫贫寒不振的样子，上天也会可怜有志气的人。不要再掉下离别的眼泪了，我和你携手一起去长安。

到了长安后，元载在妻子的督促勉励下，一举考中进士，并很快升迁，当上了唐代宗的宰相。过去那些因他们夫妻贫困嘲笑过他们的人，现在纷纷上门来攀亲。王韫秀非常生气。正好有一个过去爱嘲笑她的姨妹也找上门来，她便写下了这首七绝：

夫入相寄姨妹

相国已随麟阁贵，家风第一右丞诗。

笄年解笑鸣机妇，耻见苏秦富贵时。

诗的意思是：我丈夫已入了麒麟阁成为尊贵的宰相，家风首先要像王维的诗一样淡泊清新，不能带庸俗的势利之气。你在年刚及笄（十五岁）时就嘲笑我这个因贫困而自己织布的姐姐，现在姐夫富贵你却来高攀难道不觉得羞耻吗？

元载当了宰相后，权势越来越大，每天都有很多人拜见他，因此也有不少人长期被阻在门外。王韫秀见了很是担心，她知道荣华富贵不会久长，如果在最得志的时候得罪很多人，对以后肯定没有好处。于是，她又写了一首七绝来提醒丈夫：

喻夫阻客

楚竹燕歌动画梁，更阑重换舞衣裳。

公孙开阁招嘉客，知道浮云不久长。

诗的意思是：每天楚地的音乐、燕地的轻歌绕满了彩绘的栋梁，夜深了舞女们换过衣服再来表演。宰相你应该像汉朝丞相公孙弘一样，打开东阁供养有一技之长的宾客，要知道富贵像浮云一样不久长啊！

但是，王韫秀没有看到丈夫最大的失误是贪赃枉法和奸诈专权，他的家中金银财宝无数，仅从岭南边远地运来的胡椒就有八百石之多。大历十二年（777 年），元载被唐代宗斩首抄家，按法律，王韫秀应到宫中做奴婢，她叹息说：

“我在家做了二十年节度使的女儿，又当了十六年宰相夫人，怎么能到宫中去伺候人呢，不如死了更好。”

据说，王韫秀因抗旨，被唐代宗杀死。

羽仙寄衣

唐代人裴悦的妻子叫羽仙。因为不知姓什么，后人称裴羽仙。裴悦从军到边塞后，天气转冷，羽仙担心丈夫，便做好冬衣给他寄去，并附了一首诗：

寄夫征衣

深闺乍冷开香匣，玉箸微微湿红颊。
一阵金风杀柳条，浓烟半夜成黄叶。
重重白练如霜雪，独下寒阶转凄切。
只知抱杵捣秋砧，不觉高楼已无月。
时闻寒鸦声呼唤，纱窗只有灯相伴。
几转齐纨又懒裁，离肠空逐金刀断。
细想仪形执刀尺，回刀剪破澄江色。
愁捻银针信手缝，惆怅无人试宽窄。
时时举袖匀残泪，红笺漫有千行字。

书中不尽心中事，一半殷勤托边使。

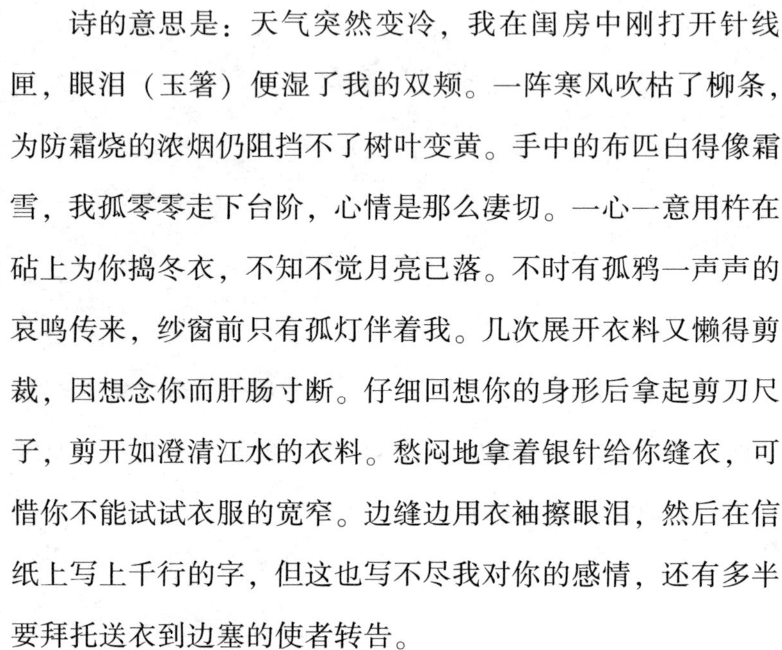

诗的意思是：天气突然变冷，我在闺房中刚打开针线匣，眼泪（玉箸）便湿了我的双颊。一阵寒风吹枯了柳条，为防霜烧的浓烟仍阻挡不了树叶变黄。手中的布匹白得像霜雪，我孤零零走下台阶，心情是那么凄切。一心一意用杵在砧上为你捣冬衣，不知不觉月亮已落。不时有孤鸦一声声的哀鸣传来，纱窗前只有孤灯伴着我。几次展开衣料又懒得剪裁，因想念你而肝肠寸断。仔细回想你的身形后拿起剪刀尺子，剪开如澄清江水的衣料。愁闷地拿着银针给你缝衣，可惜你不能试试衣服的宽窄。边缝边用衣袖擦眼泪，然后在信纸上写上千行的字，但这也写不尽我对你的感情，还有多半要拜托送衣到边塞的使者转告。

后来，裴悦在战场上因轻入敌阵被捉去，再无音信。羽仙悲痛欲绝，作《哭夫》诗二首：

（一）

风卷平沙日欲曛，狼烟遥认犬羊群。

李陵一战无归日，望断胡天哭塞云。

（二）

良人平昔逐蕃浑，力战轻生出塞门。

从此不归成万古，空留贱妾怨黄昏。

两首诗哀怨凄切，表达了羽仙对丈夫的怀悼，在全唐诗中很是有名。

写真寄夫

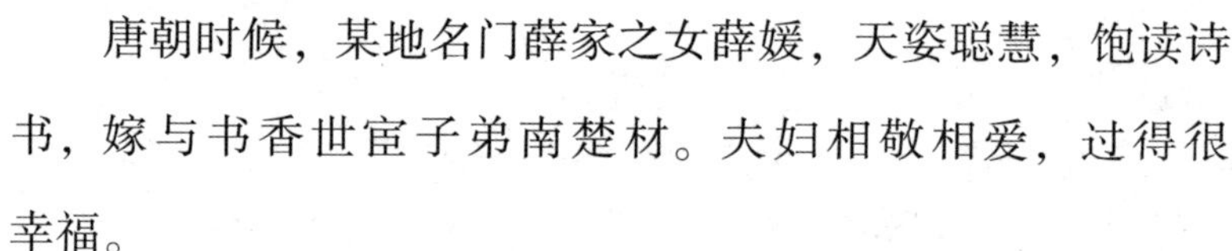

唐朝时候，某地名门薛家之女薛媛，天姿聪慧，饱读诗书，嫁与书香世宦子弟南楚材。夫妇相敬相爱，过得很幸福。

后来，南楚材家道中落，虽不至于吃穿无着，但七尺男儿毕竟要出去闯荡一番。在妻子的鼓励下，南楚材到陈（今河南开封以东一带）游历，并结识了陈颍的太守。

南楚材学问渊博，又年轻俊逸，太守对他十分喜爱，有意把女儿嫁给他为妻。于是便把他请来家中赴宴，席间特意让女儿为他敬酒。小姐容貌真可谓闭月羞花，谁见了都会为之心动。太守见南楚材隐隐有爱慕之情，便提出亲事。

南楚材一听，忙拒绝道：“小姐花容月貌，承蒙太守如此厚爱。但是，我家中已娶了妻子，实不敢从命。”

太守听了，只好叹息作罢。

谁知，小姐自见了南楚材，竟整日不思茶饭，哭哭啼啼，发誓“不嫁南楚材，惟有一死”。太守和南楚材都很为难。小姐便自作主张，给薛媛去信一封，谎称南楚材已看破红尘，削发为僧，云游天下去了。南楚材不敢强违，只好坐盼妻子回音。

薛媛在家整天倚窗盼丈夫回来，不想盼到这样一封绝情信。但她细心地发现，信中是女子娟秀的手笔，便猜到了七八分。于是，她对镜画了自己的图像，在旁边题诗《写真寄夫》：

欲下丹青笔，先拈宝镜寒。
已惊颜索寞，渐觉鬓凋残。
泪眼描来易，愁肠写出难。
恐君浑忘却，时展画图看。

南楚材收到信后，看画上的妻子形容憔悴，诗句又是一字一泪，不禁潸然泪下，惭愧莫及。太守和小姐也被这位多才痴情的女子感动，于是送南楚材回家与妻子团聚了。

女中诗豪

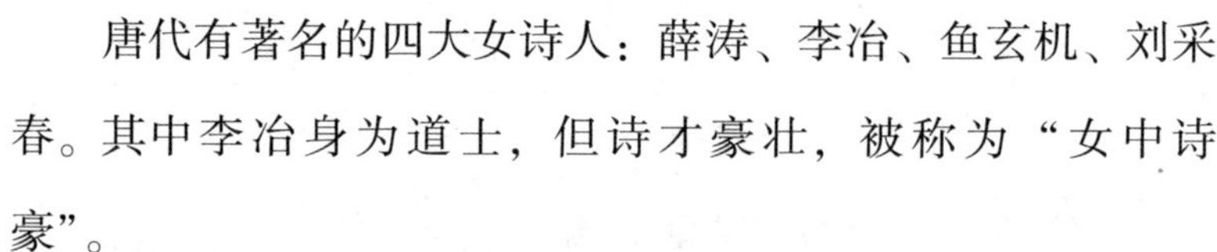

唐代有著名的四大女诗人：薛涛、李冶、鱼玄机、刘采春。其中李冶身为道士，但诗才豪壮，被称为“女中诗豪”。

李冶天资聪慧，从小就显露出过人才华。据说，五六岁时，父亲抱她在庭院散步，院中葡萄藤因没有及时搭架，在地上倒伏一片。李冶见状，随口吟道：

经时未架却，心绪乱纵横。

她的父亲是个严谨古板的人，觉得女儿小小年纪就吟出“心绪乱纵横”的句子，长大后一定不会规规矩矩，恐怕要做出什么“失行”的事。

就这样，李冶的才思敏捷反倒把她送入了道观。虽然她成了一名道士，但还是有很多的人渐渐了解到她的才华，对她仰慕备至。李冶生性浪漫，神态潇洒，作诗喜欢雅谑，又善弹琴。她不在乎道观的清规戒律，也不忌讳所谓的男女授受不亲，和许多诗人名士经常交游来往，酬唱相和。当时，知名作家陆羽（陆鸿渐）与她过往甚密。尽管有一些轻薄子弟对此有不少风言风语，但李冶依然故我，与诗人们赤诚相见。

一次，她卧病在床，心绪烦闷，想到自己聪明绝世，而才不得施，虽为“世外人”，怎么能摆脱尘世的烦恼呢？

恰在这时，久别的陆羽忽然出现在她的病榻前。李冶百感交集，未及说话，已热泪盈眶。她从病榻上撑起身，挥笔写下《湖上卧病喜陆鸿渐至》这首诗：

昔去繁霜月，今来苦雾时。
相逢仍卧病，欲语泪先垂。
强劝陶家酒，还吟谢客诗。
偶然成一醉，此外更何之？

在诗中，李冶的失意明显可见，人世渺茫，除了和知己一醉，更有何求？这也是她和许多诗人交往不断的原因。

此外，李冶和朱放、阎伯钧等人都有很深的交情，如她在《寄朱放》诗中写道：“相思无晓夕，相望经年月”，“别后无限情，相逢一时说”。在《送阎二十六赴剡县》中有

“离情遍芳草，无处不萋萋”“归来重相访，莫学阮郎迷”等句。从这里可以看出，李冶从不掩饰自己的感情，坦然明朗，不愧为“诗豪”。

天宝年间，李冶已进入暮年，栖身在著名的花都广陵（今江苏扬州江都区东北）。唐玄宗听说了她的诗名，下诏要她入京。李冶只得应命北上，临行前送给朋友们一首诗《恩命追入留别广陵故人》：

无才多病分龙钟，不料虚名达九重。
仰愧弹冠上华发，多惭拂镜理衰容。
驰心北阙随芳草，极目南山望旧峰。
桂树不能留野客，沙鸥出浦谩相逢。

李冶在诗中已表明了自己无意于荣华富贵，况且年纪已大，时不待人。在长安住了数月，李冶便要求回乡，玄宗便给她丰厚的赏赐，送她归家。

兴元元年（784 年），李冶因上诗叛将朱泚，被唐德宗处死，“女中诗豪”竟未能享尽天年。

徐惠献诗

宋人计有功《唐诗纪事》中，记载着这样的一则故事：

一天，唐太宗来到长安崇圣寺观赏佛像，这里有一座贤妃妆殿，壮观异常。太宗游玩到兴头上，想让人写一首诗来记述这次崇圣寺之游。于是便宣“充容”（属九嫔之列）徐惠前来。太监去了很久，还不见徐惠来，太宗心中很不高兴，脸上露出怒色，众人都暗暗紧张。

等了好久，徐惠才笑着姗姗而至，她向太宗叩头请圣安。太宗气冲冲地问：“你可知罪？”徐惠忙说：“臣妾不知。”太宗说：“召你久等不至，是什么原因？”

徐惠听了，忙吟一首诗道：

朝来临镜台，妆罢暂徘徊。
千金始一笑，一召讵能来。

徐惠的意思是说：我一早起来，就对着镜子梳妆，梳妆完了又在镜旁流连了一会儿，觉得这个样子见皇上才合适，我心里也就高兴起来，因此，才耽误了时间，没能一见您的圣谕就赶来。

太宗看她出口成诗，又解释得乖巧，于是怒气烟消云散，立刻心情愉快了。

这个胆大又聪明的徐惠，是一位有名的女子。她从小就伶俐过人，在母亲的教导下，四岁就能诵读《论语》《诗经》，八岁就会写文章。一次，她的父亲徐孝德曾让她仿照屈原的《离骚》，试作一首骚体诗，她即刻就写成《拟小山篇》：

仰幽岩而流盼，抚桂枝以凝想。
将千龄兮此遇，荃何为兮独往？

文辞很是幽雅。她的父亲大为吃惊。知道女儿的才华一定会名扬于世。果然，徐惠不久就名闻京里。有的人不太相信，到她家亲自证实，不论吟诗、作文，她都挥笔而成，而且不改动一个字。

后来，唐太宗李世民知道了，就召她进宫，先封为“才人”，后封为“充容”，对她很是宠爱。因此才有了上面献诗喜太宗的故事。不过，徐惠一点也不恃宠，并且时时上疏警策太宗。她陈述对外用兵、对内大兴土木的弊端，很受太宗的赏识。

唐太宗去世后，她怀念太宗知遇之恩，悲伤成疾，不肯服药，要以死相报。高宗永徽元年徐惠去世，年仅二十四岁。徐惠死后被封为贤妃，陪葬太宗昭陵。

慎氏感夫

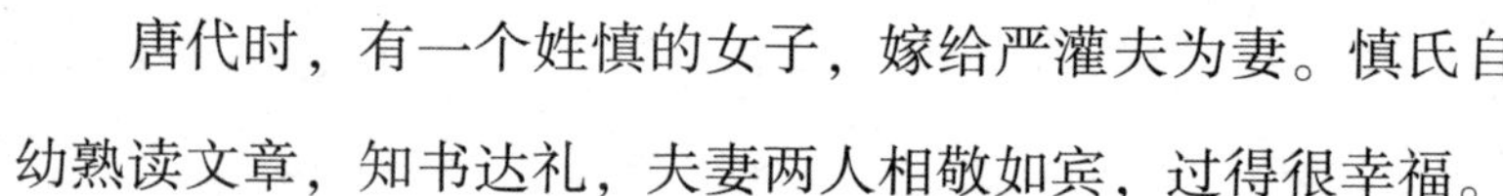

唐代时，有一个姓慎的女子，嫁给严灌夫为妻。慎氏自幼熟读文章，知书达礼，夫妻两人相敬如宾，过得很幸福。

但几年过去了，慎氏仍然未能给严家生个一男半女。严灌夫虽然不在意，但他母亲严老夫人渐渐就有些不满了。

一天，严夫人把儿子叫去，把一本书递给他，让他读书中的一首诗，即汉朝乐府诗中的《焦仲卿妻》（即《孔雀东南飞》），老夫人指着这几行让严灌夫看：

“此妇无礼节，举动专自由。吾意久怀忿，汝岂得自由！……便可速遣之，遣之慎莫留！”

这几句，是诗中焦仲卿的母亲让他休去妻子的话，意思是：这个妇人没有礼节，生性专横。我早就看不下去了，你难道还觉得很舒服吗？……立刻把她送走，送走再也不许她来。

老夫人对严灌夫说：“你把这首诗拿去给你媳妇看，她自然明白的。”

严灌夫一听，不由得慌了，这不是叫他也赶走妻子吗？于是他赶忙指着诗中的另外几句念给母亲听：

“往昔初阳岁，谢家来贵门。奉事循公姥，进止敢自专？昼夜勤作息，伶俜萦苦辛。谓言无罪过，供养卒大恩。”

这几句诗是焦仲卿的妻子刘兰芝说的。意思是：记得那年初阳的时节，我离开家来到贵府，凡事都依着公婆，进退哪有敢自己专断的地方？我日夜辛勤劳作，常常劳累不已。只为了求个没有差错，能让我永远报答你们的大恩大德。

严灌夫给母亲念这几句，也是在替妻子说公道话。严夫人听儿子护着媳妇，很不高兴，训斥他说：“你可要记着古训，‘不孝有三，无后为大’。还是趁早把慎氏休掉吧！”

严灌夫左右为难，既惧怕母亲，又心疼妻子。严夫人呢，则整天指桑骂槐，不给媳妇好脸色。

慎氏知道自己不能生养，让婆婆不满，丈夫难堪，于是就有了出走的念头。当她听说丈夫在婆婆面前为自己说情时，很是感动，便写了一首《感夫诗》留在房中，自己悄悄走了。诗是这样写的：

当时心事已相关，雨散云飞一饷间。
便是孤帆从此去，不堪重上望夫山。

诗的意思是：我已经明白丈夫的心意了，就让我们夫妻的感情在这一瞬间都化作云烟吧！我从此孤零零一个人远走，再也不忍心登上那传说中的望夫山来盼望你了。

严灌夫和他的母亲看了这首诗，都被慎氏的深明大义所感动。于是立即派人把她找回来，从此再也不提休妻的事了。

薛涛怨柳絮

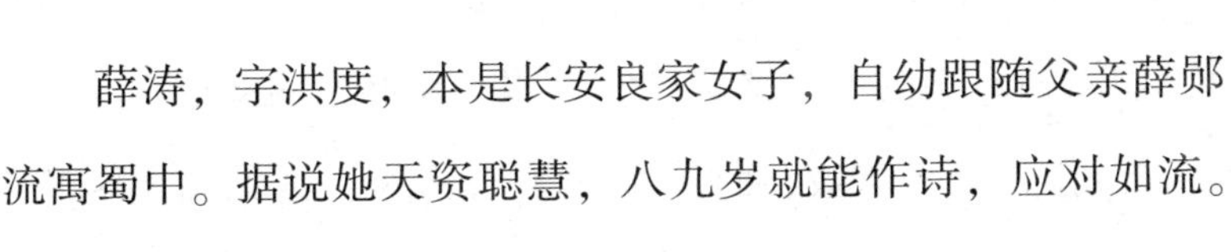

薛涛，字洪度，本是长安良家女子，自幼跟随父亲薛郧流寓蜀中。据说她天资聪慧，八九岁就能作诗，应对如流。后来，不幸父亲去世，她沦为歌妓。

薛涛十五六岁的时候，已经慧辩诗工，文采名噪一时。四川节度使韦皋对她十分赏识，时常请她去侍酒赋诗。后来又准备奏请朝廷，任命她为“校书郎”（官名，属秘书省，掌管校勘书籍，订正讹误）。在向护军请求时，没有被批准。但此后她便被人称作“女校书”而闻名于世。当时就有人赠诗云：

> 万里桥边女校书，枇杷树下闭门居。
> 扫眉才子知多少，管领春风总不如。

可见薛涛在当时的诗名是多么显赫。许多同时代的文人

学士，也纷纷拜倒在她的石榴裙下，并以能与她互寄诗笺为荣。薛涛喜欢用自己加工的松花纸和精美的深红小彩笺书写，风靡一时，人称“薛涛笺”，以此题诗抒怀，雅兴别致，情趣妙生。当时许多著名诗人，如元稹、白居易、牛僧孺、令狐楚、裴度、张籍、杜牧、刘禹锡、张祜等都曾与她作诗唱和，尤其元稹，与她交往最深。

据说元稹久闻薛涛诗名，便密意求访。第一次见面，元稹手捧笔砚，薛涛笔走龙蛇，作笔、墨、纸、砚《四友赞》。元稹对她的书法文义大为惊服，从此引为知己。

但作为一名歌妓，薛涛虽常出入幕府，会见高人名士，但内心却深为自己的境遇痛苦。一次，有位朝廷重臣入川，慕名请她侍酒吟诗，寻欢作乐，她身不由己，只好强颜欢笑。事后，薛涛写《柳絮》一首，深深为自己的命运怨尤：

二月杨花轻复微，春风摇荡惹人衣。
他家本是无情物，一任南飞又北飞。

白珪无玷

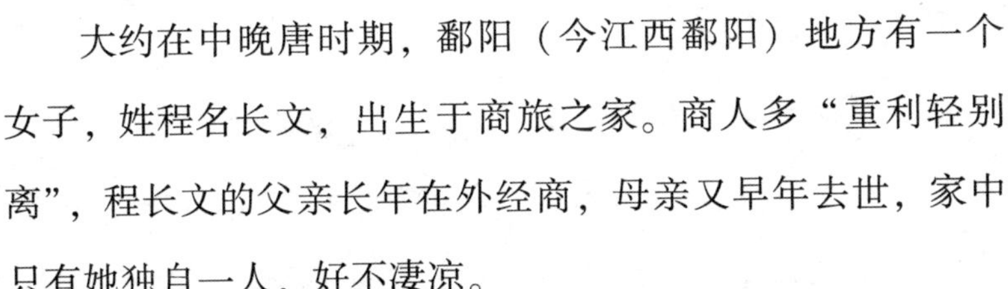

大约在中晚唐时期，鄱阳（今江西鄱阳）地方有一个女子，姓程名长文，出生于商旅之家。商人多“重利轻别离”，程长文的父亲长年在外经商，母亲又早年去世，家中只有她独自一人，好不凄凉。

这一年，程长文十六岁，因为父亲是鄱阳富豪，自小也把她当作千金小姐来养，所以琴棋书画，无不精通；加上她容貌艳绝，宛若天仙，自然令不少人倾慕已久。

然而，红颜苦命，程长文的父亲自从在外纳了小妾，竟渐渐把女儿抛在了脑后。程长文终日独守空房，便有一些不本分的恶少起了歹意。

一天深夜，程长文刚刚入梦，忽被一阵响动声惊醒，睁眼一看，竟有一强徒，用刀撬开窗户跳进了房中。程长文刚要叫喊，强徒已扑上来，两人扭打在一起。慌乱之中，她摸到了枕边做针线用的剪刀，不知从哪儿来的勇气，她狠狠地

把剪刀刺向强徒。只听一声惨叫，强徒翻身落到床下，程长文的罗衣上也溅满了鲜血。

第二天，她便被抓上公堂，县堂要用大刑，但一个弱不禁风的女子，怎么能蓄意谋害七尺男儿？程长文大呼冤枉，县官只好把她暂押牢中。

当晚，她在牢中，想到自己为抗强暴反被陷囹圄，不由悲愤难抑，便向狱卒要来文房四宝，写了一首《狱中书情上使君》的诗：

妾家本住鄱阳曲，一片贞心比孤竹。
当年二八盛容仪，红笺草隶恰似飞。
尽日闲窗刺绣坐，有时极浦采莲归。
谁道居贫守都邑，幽闺寂寞无人识。
海燕朝归衾枕寒，山花夜落阶墀湿。
强暴之男何所为，手持白刃向帘帏。
一命任从刀下死，千金岂受暗中欺。
我心匪石情难转，志夺秋霜意不移。
血溅罗衣终不恨，疮黏锦袖亦何辞。
县僚曾未知情绪，即使教人絷囹圄。
朱唇滴沥独衔冤，玉箸阑干叹非所。
十月寒更堪思人，一闻击柝一伤神。
高髻不梳云已散，娥眉罢扫月仍新。

三尺严章难可越，百年心事向谁说？

但看洗雪出圜扉，始知白珪无玷缺。

程长文在这首长诗中，叙述了自己的遭遇，表明自己是纯洁无辜的。诗写得非常感人，但至于她后来是否得释，就没有史料记载了。

轶事

许浑梦仙

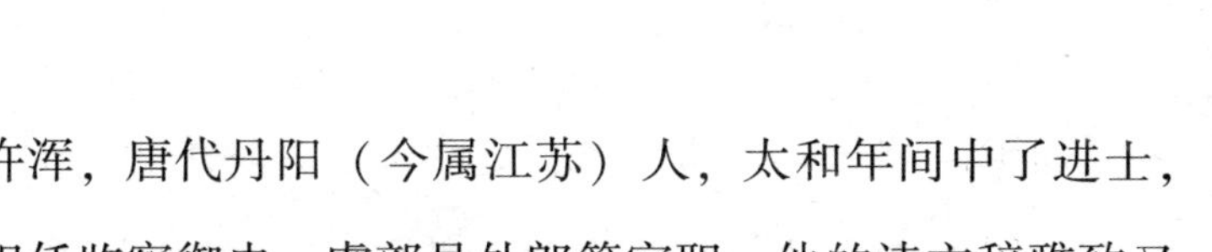

许浑，唐代丹阳（今属江苏）人，太和年间中了进士，曾经担任监察御史、虞部员外郎等官职，他的诗文辞雅致又豪壮。

一次，许浑酒醉而眠，梦见自己在登一座十分峭拔的山，爬到山顶后，见一座宫殿高耸入云。他不知道这是什么地方，正好有人走来，问过之后，才知道这是昆仑山。

许浑信步走进宫殿，殿内祥云缭绕，一座平台之上，有几个人坐在刚刚摆好的酒宴之旁，似乎在等什么人。一见许浑，他们便笑着说："好了，来了来了。"大家招呼许浑坐下，许浑也不推辞，与众人一同欢饮起来。

席上的果品，都是许浑未曾见过的，味道极为甘美。酒呢，也是他从未尝过的佳酿，甘醇馥郁。许浑心中猜测，自己一定是到了仙境了。

果然，席中一位绝色女子便自报姓名，说她叫许飞琼，

已成仙千年了。说完，她起身翩翩起舞，为大家助兴。舞毕，独立靠在楼边，眺望外面的空山月色，脸上似有向往之情。

众人一直饮到天色渐暗，许浑才想起告辞，忙顺着来时的山路回去。途中一脚踏空，惊醒过来，才知道是一场梦，但仔细品味，口中仙果仙酒的味道还萦绕在舌尖呢！于是慨然命笔，赋诗以记：

晓入瑶台露气清，庭中惟有许飞琼。
尘心未断俗缘在，十里空山下月明。

不想几天后，许浑又一次梦到自己到了昆仑山宫殿。这次，那个叫许飞琼的仙女有些责怪地说："你怎么能把我的姓名题在俗世中呢?"许浑听了，很有愧意，忙说："改为'天风吹下步虚声'怎么样?"许飞琼这才满意地说："好。"

许浑梦回之后，忙找出自己的题诗，把"许飞琼"那句改了过来。

金鱼传刀

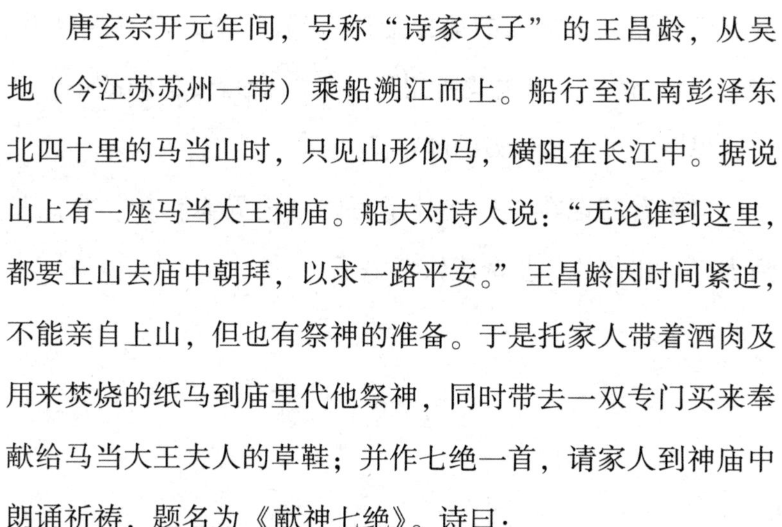

唐玄宗开元年间，号称“诗家天子”的王昌龄，从吴地（今江苏苏州一带）乘船溯江而上。船行至江南彭泽东北四十里的马当山时，只见山形似马，横阻在长江中。据说山上有一座马当大王神庙。船夫对诗人说：“无论谁到这里，都要上山去庙中朝拜，以求一路平安。”王昌龄因时间紧迫，不能亲自上山，但也有祭神的准备。于是托家人带着酒肉及用来焚烧的纸马到庙里代他祭神，同时带去一双专门买来奉献给马当大王夫人的草鞋；并作七绝一首，请家人到神庙中朗诵祈祷，题名为《献神七绝》。诗曰：

青聪一匹昆仑牵，奉上大王不取钱。

直为猛风波里滚，莫怪昌龄不下船。

诗中大意：送大王一匹青色骏马和牵马的昆仑奴，以示

恭敬。因为江上风太猛，船在浪里翻滚，请别怪我没有亲自下船来朝拜您。

祭神完毕，船过马当山后，王昌龄想起买草鞋时，顺便买了一把金错刀，当时随手放在草鞋中。祭神时忘了将刀取出，一定是连草鞋一同送马当大王夫人了。船又行了几里，王昌龄在船边观望两岸景色，忽然有一条长达三尺的红鲤鱼跃入船中，诗人见此十分喜悦，忙叫船夫做来吃。在剖鱼时，竟发现鱼腹中有金错刀一把，王昌龄惊喜道："这不是我误送马当大王夫人的那把金错刀吗！"诗人接着叹息道："神还真讲情义。过去我听说过葛仙翁命鱼传信的故事，今天我也遇上了金鱼传刀的趣事。"

这则奇闻记在唐代谷神子写的《博异志》中，自然是后人口耳相传的一些奇谈轶事罢了。

白乐天遭谗言

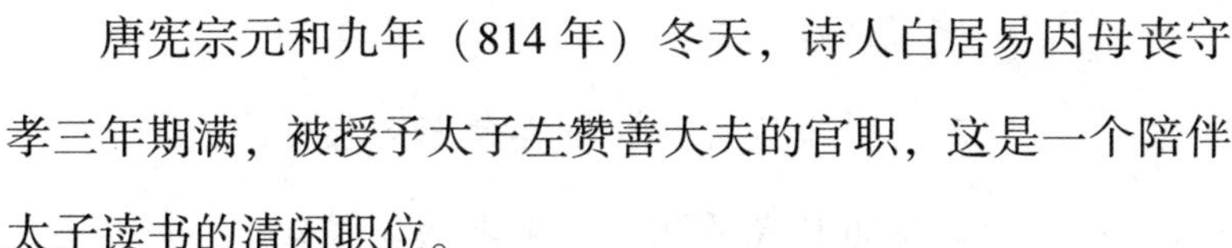

唐宪宗元和九年（814 年）冬天，诗人白居易因母丧守孝三年期满，被授予太子左赞善大夫的官职，这是一个陪伴太子读书的清闲职位。

第二年夏天，朝廷中发生了一件宰相武元衡被刺的案件。与此同时，御使中丞裴度也遇刺。刺杀案件发生后，朝廷十分震惊，而那刺客还留下一封恐吓信，上写道：“勿急捕我，我也杀汝。”气焰十分嚣张。而这居然吓住了朝廷的不少大官和负责缉捕案犯的官差，他们缩手缩脚，强装镇静而不积极搜捕。白居易看到这种情况，非常气愤，立即向皇上奏请捉拿刺客。没想到当朝宰相张弘清、韦贯之等人认为，白居易是东宫官，不该在谏官还未上奏之前就议论朝政，这是一种越职的行为。又有一些嫉妒他的人造谣说，白居易的母亲因看花坠井而死，他反而写了赏花及新井诗，有伤名教。皇帝又听信谗言，于是将白居易贬为江南刺史。中

书舍人王涯又参一本，说白居易的行为不宜治理一个州郡，于是再贬为江州司马。

元和十年（815 年）八月，白居易由长安启程赴江州（今江西九江）。旅途中，诗人想起自己的这番遭遇，心情自然是十分郁闷。诗人在沿江而下的舟中，写了五首《放言》以寄托自己的悲愤之情，其中一首是这样的：

赠君一法决狐疑，不用钻龟与祝蓍。
试玉要烧三日满，辨材须待七年期。
周公恐惧流言后，王莽谦恭未篡时。
向使当初身便死，一生真伪复谁知？

诗人在这首诗中，表明了自己对流言中伤的态度，认为到一定时间后，事实自然会真相大白的，而那些弄虚作假的人，迟早也会暴露的。

湘中老人吹笛吟诗

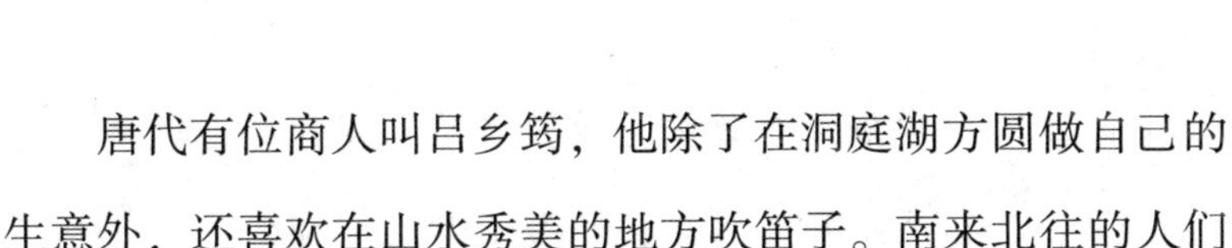

唐代有位商人叫吕乡筠，他除了在洞庭湖方圆做自己的生意外，还喜欢在山水秀美的地方吹笛子。南来北往的人们都喜欢听他吹的曲子，为此他的生意做得很红火。

有一年中秋月夜，他停船在洞庭山边，一边饮酒一边吹笛。这时，湖上来了一只渔船，只见船上坐着一位须眉皆白的老人。乡筠便请他上了自己的船，老人拿起他的笛子端详了半天说：“听你的笛声嘹亮，曲调不同寻常，故来欣赏。”乡筠请老人喝了几杯酒，然后听老人又说道：“我从小就吹笛，可以和你切磋一番。”吕乡筠猜老人一定身怀绝技，忙向老人施礼道：“请您指教！”老人从怀里拿出三支笛子，一支比胳膊还粗，一支如正常笛，另一支细如笔管。乡筠忙又行礼，请老人吹奏，老人说：“大的、中的都不可以吹，唯有细的可以为你吹一曲，但不知能否吹尽一曲。”吕乡筠问道：“为什么大的和中的不能吹？”老人说：“大的只能在

天上配合天乐而吹，如在人间吹，会日月无光，山岳崩塌；中的则是只能和仙乐而吹，如在人间吹，会飞沙走石，飞鸟坠地，走兽脑裂，稚幼震死；细的是我与朋友们娱乐时吹的，但在人间吹也不一定能终曲。”说完，老人吹笛三声，只见湖上波涌，鱼虾惊跃，老人吹了五六声后，月色昏暗，鸟兽皆鸣，船上的人大惊，请老人停止吹奏。老人停下来喝了几杯酒后，吟诗道：

湘中老人读黄老，手援紫藤坐翠草。
春至不知湘水深，日暮忘却巴陵道。

诗中说道：湘中的老人在读道家的经典，手扶着紫藤坐在绿草中。春天到了他不知湘江涨水江又深了，傍晚时忘掉了去巴陵的路途。

诗吟毕，老人乘渔舟缓缓而去。

陈子昂一举成名

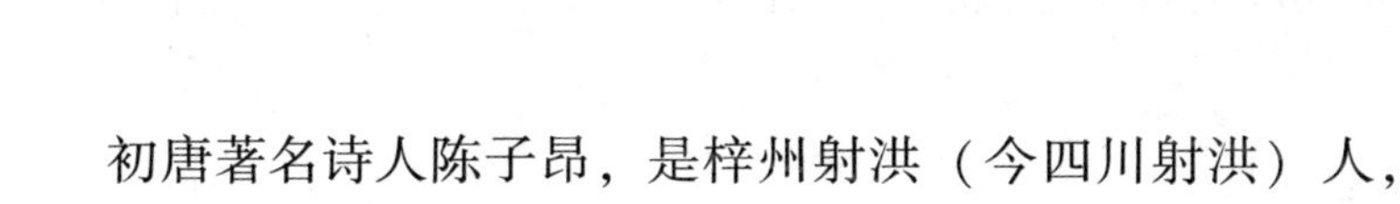

初唐著名诗人陈子昂，是梓州射洪（今四川射洪）人，初到长安时不为人知。

一次，陈子昂在街上见有人卖胡琴，价格十分昂贵，围观人却很多，可谁也不知道这琴有何妙处。陈子昂灵机一动，当着众人将琴照价买下，并宣布在第二天公开演奏。第二天，人们想一睹演奏者的风采，来听琴的自然很多。陈子昂把琴放在一边，高声说道："我是蜀人陈子昂，善作诗文，现有文百篇，可在长安却不为人所知。胡琴是乐工用的东西，与我何干?"说罢就将胡琴当场砸碎，将诗文发给众人。由于他的诗文写得的确很好，于是一日之内，他的名声便传遍了长安城。后来，他在二十四岁时考中了进士。

武则天掌握朝政时，武攸宜率军征讨侵扰河北的契丹，陈子昂为参谋。他建议分兵万人为前驱，武攸宜不听，反而将他降职。因此，陈子昂在登幽州台时，吊古伤今，写下了

悲壮苍凉的《登幽州台歌》：

前不见古人，后不见来者。

念天地之悠悠，独怆然而涕下。

由于这首诗蕴含着丰富的真情实感，寄寓着作者的身世遭遇，反映了封建时代许多进步知识分子在坎坷不平的境遇中共同的苦闷心情，所以在当时广为传诵，成为千古绝唱。

杜甫开药方

在后世的传闻中，有关诗圣杜甫的一则轶事也被人们传为佳话。

杜甫开过药铺，据说，还推销过以诗治病的良方。

一次，有位声称浑身是病的年轻人慕名而来就诊。杜甫只是看了看这位病人眼神，也没问这人的病情如何，就蛮有把握地说："我的诗可以治你的病。"他嘱咐这位年轻人要不断地吟咏他的一句诗："夜阑更秉烛，相对如梦寐。"那人如获良方，反复地把这句诗读来读去，可病情却未见好转。他再次找到诗人，在杜甫面前诉苦说："还是浑身不舒服。"杜甫说："那就换个方，将我的诗'子璋髑髅血模糊，手提掷还崔大夫'朗诵几遍，看有何效果。"

没过几天，这人又来找杜甫，满目春光地说："我的病真让您给治好了，多谢您的良诗妙方。"

其实，诗人杜甫只是看准了那位年轻人患的是心理疾

病，他所需的并非大夫的良药妙方，而急需改变的是自己的不良心理。诗人以自己的诗劝诫年轻人要自己振作起来，首先使自己的心理状况好转。年轻人最终理解了诗人的良苦用心，病也就全没了。可见，诗圣杜甫采用的是心理疗法，实在是高明。

杜甫与老妇

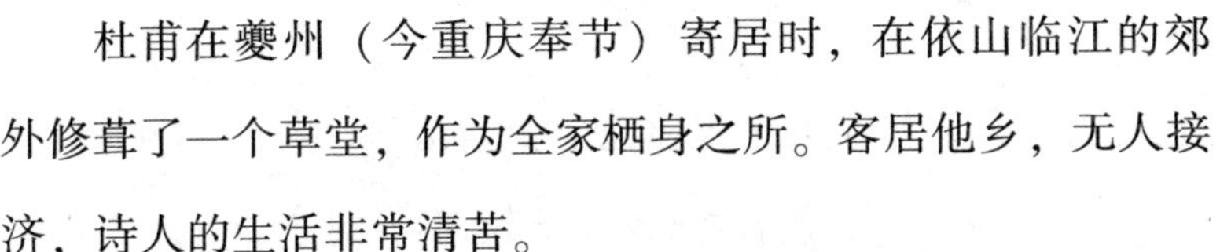

杜甫在夔州（今重庆奉节）寄居时，在依山临江的郊外修葺了一个草堂，作为全家栖身之所。客居他乡，无人接济，诗人的生活非常清苦。

草堂门前有一株枝叶繁茂、果实累累的枣树，诗人总爱在枣树下休息。

有一次，杜甫正要外出散步，忽听得有竹竿打枣子的声音。诗人循声而来，只见一身躯瘦小的老妇正弯腰拾取地上的枣子。老妇抬头见主人出来，拔腿便走。一不留神，连枣带人都摔在了地上。诗人忙赶上去扶起了老太太，一面问她受伤了没有，一面帮她拾起了枣子。老妇见杜甫和蔼可亲，也就不再害怕了。

老妇跟诗人说起了自己的家事，丈夫早逝，儿子去做拉纤夫，不慎落入江中，尸首未见。苛捐杂税害得她家破人亡，难以维生。

杜甫了解了这个孤苦无依老妇的身世后，关切地说道："以后你要吃枣子，尽管来打好了。"此后，老人打完枣走时，杜甫还常送些柴米给她。

后来，杜甫的亲戚从忠州来看望他，杜甫就把草堂让给他住，全家迁居东郊。临行前嘱咐他的亲戚说，若见一老妇来堂前打枣，千万不要制止她。后来杜甫听说亲戚把那棵枣树给圈上了篱笆，怕老妇心存戒备，不敢打枣，生计无着，就写了一首诗给亲戚送去。诗中写道：

堂前扑枣任西邻，无食无儿一妇人。
不为困穷宁有此？只缘恐惧转须亲。
即防远客虽多事，便插疏篱却甚真。
已诉征求贫到骨，正思戎马泪盈巾。

他的亲戚读了这首诗后，为杜甫的真情所感，忙拔去篱笆，还时常周济老妇。

骆宾王续诗

初唐诗人骆宾王因写《讨武曌檄》，而为武则天所恶，据说曾改名换姓，隐居于杭州灵隐寺。

一年秋天，有位诗人因贬官回乡，经苏杭，仰慕西湖景色，乘着皎洁的明月，来到灵隐寺，眼望楼外飞来峰怪石嶙峋，不禁诗兴大发，吟出两句：

鹫岭郁岧峣，龙宫锁寂寥。

后面的诗句，他苦思良久，怎么也续不上来。时近深夜，一老和尚走进大殿，为佛添香，那人徘徊庭前，还在想着他的诗句。老和尚见客人还未入睡，躬身问道："时已不早，施主还未入眠，有何心事可述于老衲？"

诗人答道："小生因景得诗，只是还有两句无法续上，一时难以入睡。"

老和尚听他将已作的两句再念一遍后，随即接上：“‘楼观沧海日，门对浙江潮。’你看此句如何？”

老和尚用字清丽，对仗工整，诗句正合全诗的意境，写出了灵隐寺的独特景观。其诗才高妙，使这位苦吟诗人惊讶不已，忙连连答道：“好诗，好诗！”

天亮的时候，诗人专门去拜谢老和尚，但老和尚已出游他方去了。诗人问起老和尚身世时，有人告诉他：“此人便是远近皆知的骆宾王！”

钱起夺魁

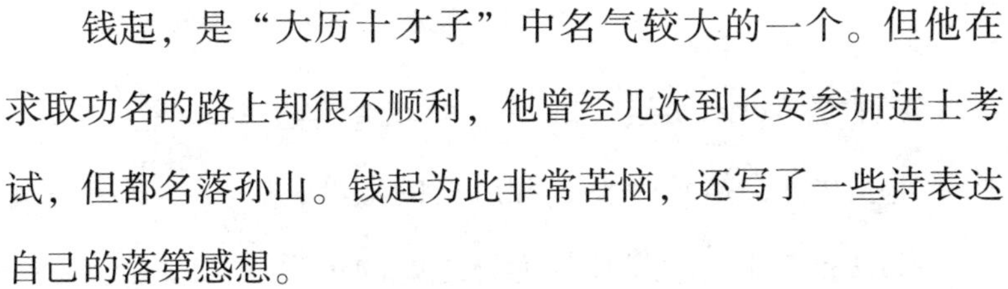

钱起，是“大历十才子”中名气较大的一个。但他在求取功名的路上却很不顺利，他曾经几次到长安参加进士考试，但都名落孙山。钱起为此非常苦恼，还写了一些诗表达自己的落第感想。

天宝九年（750 年），钱起已经二十八岁了。这年他又到长安参加科举。途中在京口的一家客店住宿。晚上，月明星稀，钱起独自在房中踱步。忽然，窗外传来有人边走边吟咏诗句的声音，“曲终人不见，江上数峰青”，来来回回好几次，都是吟的这一句。

钱起琢磨这句诗，觉得意蕴清远，简直不像凡人口气，忙开门看看到底是哪位高人吟出这样的好诗。但是，院子里月光一片，连个人影也没有。钱起暗暗称奇。

等到了考场，试题发下，是《省试湘灵鼓瑟》，钱起略加思索，忽然觉得客栈中听来的那句诗，做自己诗的最后一

句，是最妙不过的了，于是他一挥而就。

善鼓云和瑟，常闻帝子灵。
冯夷空自舞，楚客不堪听。
苦调凄金石，清音入杳冥。
苍梧来怨慕，白芷动芳馨。
流水传湘浦，悲风过洞庭。
曲终人不见，江上数峰青。

这首诗译过来是这样的：

湘水女神最擅长弹奏云和出产的宝瑟，
她的瑟声让人想起她曾为舜之妃的传说。
河神冯夷听到乐曲高兴得翩翩起舞，
被贬到湘水的人却不忍聆听哀婉的乐曲。
那凄苦的调子比金石相击声更为清冷，
那清亮高亢的乐音一直飘向高远无垠的天空。
它飘到九嶷山唤醒了长眠的舜帝，
它飘到湘江畔使白芷散发出淡淡的芳馨。
流水把美妙的乐曲传遍湘江两岸，
洞庭湖上也如同刮起了悲凄的风。
曲子停下来演奏的仙子却没有了踪影，
只见江边上一座座青青的山峰。

唐代进士考试的诗赋，格式要求很严，一般要五言六韵，首联紧扣诗题，中间对仗工整，全诗不能有一字重复。这种要求使考生们很难发挥想象。但是钱起的这首诗，既符合要求，又写得神异灵动，主考官读了，当场情不自禁地用手敲着桌子念了一遍又一遍，说："这一定是得到神人相助才写出来的。"于是把它评为头一篇，并立即让钱起做了校书郎的官。

钱起的这首诗，一直被后人赞赏，被认为是历代考场诗里独一无二的佳作。但细心的人会发现，这首诗的第四句和十一句都用了一个"不"字，按规定是不允许的。但因为全诗写得很成功，这点缺陷就是瑕不掩瑜了。关于这一点，还有一个小故事。

唐宣宗时，一次宣宗披览试卷，发现有些诗中有重复的字，便命人把中书舍人李藩叫来，问道："诗中出现重复的字，如何对待？"

李藩说："这是不常有的情况，但有时是可以允许的。"

"谁的试帖诗中曾出现过重复字呢？"

"钱起的《省试湘灵鼓瑟》中就有两个重复的'不'字。"

宣宗说："钱起的诗，就算谢灵运也难比得上。这些应试的人，怎么能学钱起的例外呢？"

由此看来，李藩以钱起的诗当先例来审批当时的诗，宣宗只把钱起的诗作为例外来看待，这都表明了他们对钱诗的

推崇。

钱起的那首夺魁诗，确实当得起后人的推崇。至于他“诗得神助”的传说，其实也是人们激赏诗的后两句才附会出来的，也表明后人对钱诗崇拜的心情，认为只有神仙才作得出那样的诗句。其实，这首《省试湘灵鼓瑟》正是钱起才华的体现，它为钱起夺魁、得官也是无愧后人推敲的。

以诗当食

宋代诗人杨万里写过这样一首诗：

船中活计只诗编，读了唐诗读半山。
不是老夫朝不食，半山绝句当早餐。

诗的意思是：我每天在舟船之中所做的事只有读诗，读完唐诗之后再读王安石的诗。不是我不吃早饭，这王安石的绝句就是很好的早餐哩！

杨万里把诗当早餐，还有一个把诗当晚餐的诗人是陆游。

陆游回忆自己十三四岁时，一次在亲戚家书案上发现一本陶渊明的诗集，便取下读起来，读得津津有味，连亲戚叫他吃饭也没有听见，这样一直看到深夜。后来家人问他怎么不吃晚饭，他说吃过了呀，吃的是陶渊明的诗集呢。

自然，上面两位诗人只是读诗“忘食”，以诗当“精神食粮”，而并没有真的吃。不过唐朝著名诗人张籍却真的吃过诗呢！

张籍非常崇拜杜甫，希望自己也能成为像他那样的“诗圣”。于是每隔几天，便取出一篇杜甫的诗，用火点着烧成灰，加进蜂蜜搅拌，后加水冲开，像喝茶一样喝下去，喝完还祷告说：“让我的肝肠从此改变吧！”

杜甫自然伟大得令人崇拜，但张籍的这种做法，既未能让他也成为“诗圣”，还给后人留下了笑柄，实在不足取。

所以，以诗当食，还要讲究一下吃法啊！

进士骑驴

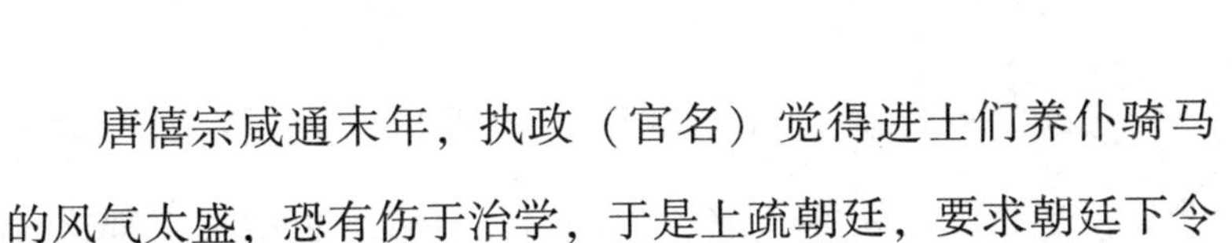

唐僖宗咸通末年，执政（官名）觉得进士们养仆骑马的风气太盛，恐有伤于治学，于是上疏朝廷，要求朝廷下令进士、举人从此必须骑驴。

诗人郑光业，为人诙谐正直，见当朝不去改革社会上的种种弊病，反而为进士骑马骑驴的事大动干戈，不由心中暗暗不满。因为他生得身宽体胖，十分魁伟，便写了首诗来讽刺进士骑驴一事：

今年敕下尽骑驴，短辔长鞦满九衢。
清瘦儿郎犹自可，就中愁杀郑昌图。

诗的意思是：今年皇上下令进士、举人都骑驴，官道上便满是短辔长靴的骑驴人。清瘦的人还可以从命，但我这个胖大的郑昌图（郑光业字昌图）可要愁死了。

苏颋早慧

苏颋是京兆武功（今陕西武功西北）人，武则天时中进士，玄宗开元初年，被封为许国公，后来由中书侍郎出任宰相，与宋璟共理政事。他善于文辞，当时的朝廷文诰大都出自其手。与张说齐名，时称“燕许大手笔”。

苏颋少年时就聪颖过人。一次，有人给他的父亲苏瓌献上一只兔子，挂在廊庑间。苏瓌叫来苏颋，让他以兔子为题咏一首诗，苏颋张口便吟道：

兔子死弹丸，携来挂竹竿。
试将明镜照，何异月中看？

这首诗想象丰富，以镜比月，把兔子想象成月中玉兔，足见苏颋的才智不凡。

又一次，当时的京兆尹拜访苏瓌，临走时，因为听说苏瑰有个不同凡响的儿子，便要叫来一见，并要求苏颋用京兆尹的“尹”字，作一首诗。

苏颋因为每每听见父亲对这位京兆大人暗有微词，知道他不仁不义、无信无守，虽未建半点功勋，却横行一时。于是，便吟诗道：

丑虽有足，甲不成身。
见君无口，知伊少人。

这首诗，利用和“尹”字字形有关的四个字“丑”“甲”“君”“伊”，出之以拟人化的奇特想象，组成四幅连贯的画面，同时对那位“京兆尹”的人格进行了辛辣的讽刺。

太白遗风

沿长江一带的大小酒店，千百年来，总爱用“太白酒家”“太白遗风”作店号，用布帘写好，挑在门前廊下，称“酒旗”。这里面还有一个动人的传说。

李白曾经写过一首诗《哭宣城善酿纪叟》：

纪叟黄泉里，还应酿老春。
夜台无李白，沽酒与何人？

这首诗深切地悼念了老朋友纪叟：纪叟在阴间，应该还是做你的老本行——酿造“老春”酒吧（唐代名酒多用“春”字命名）。可阴间没有李白，你卖酒给哪一个呢？

诗里的纪叟，据说以前在幽州老家时，老伴被老虎吃掉，幸亏李白正在狩猎，刺死二虎，救下了纪叟和他儿子。后来纪叟在宣城开了家酒店，并四处寻找李白报恩。

李白是个爱酒如命的人，有酒才会有诗。那年冬天，李白常到采石矶边上鲁财主开的酒店去饮酒。鲁财主却经常在酒中掺水，李白气得要命。一天，他路过一家小酒店，便进去买酒，发现店主原来是纪叟。纪叟见了李白，高兴极了，忙用好酒来招待他。两人边饮边谈，畅谈旧事。李白酒足之后，诗兴勃发，眼望滚滚大江，青山红日，便提笔在门外的“联壁台”上写了一首诗：

天门中断楚江开，碧水东流至此回。
两岸青山相对出，孤帆一片日边来。

自从李白题了这首诗，过路人都要停下来看一看，知道是“仙人”李白所写时，便一传十、十传百，纷纷远道而来看这首诗。纪叟总是自豪地说：“这是李白喝了我酿的酒，才写出来的好诗呀！”

从此以后，过路的人都到纪叟的“太白酒家”来饮酒赏诗，纪叟的酒店门庭若市，生意兴隆。

而鲁财主的酒店，却很少有人光顾了。于是他便特地带了两坛美酒，到江边找李白求诗。李白正要登上船去游历，见了鲁财主，便拱手说：“你家酒池太浅，经不住我一口喝呢！”说罢飘然登船而去。鲁财主只能灰溜溜回家，不久便关门大吉了。

一年后，纪叟不幸得病身亡。李白听说消息后，十分悲痛，亲自祭奠，泪洒长江，并写了上面那首新诗来悼念这位“酒中知己”。

后来，许多酒店便纷纷挂起了“太白酒家”的牌子，生意还真的比以前红火了呢！

无奈李谟偷曲谱

唐玄宗时，有位善于吹笛的少年，名叫李谟，他的天资很好，而且勤奋好学。

有一年正月十四日，玄宗在上阳宫吹了一首新制的曲子，宫外正是夜深人静的时候，笛声悠扬，传得很远。第二天晚上，皇帝私自出宫看灯，在拥来拥去的人群中猛地听见酒楼上有人吹笛，奏的就是昨夜在宫中吹的那首新曲。玄宗大吃一惊，回去派人把吹笛人捉来，亲自审问曲子从何而来。吹笛少年答道：“我的名字叫李谟，前晚在天津桥赏月，听得宫中演奏新乐曲，于是我在桥上折小棍记下了这支乐曲的谱，回家后便学会演奏此曲。”玄宗听后感到很惊讶，为少年的勤学精神所动，就将他释放了。诗人张祜，在几年后写了一首七绝咏此事，题名《李谟笛》，诗中写道：

平时东幸洛阳城，天乐宫中夜彻明。

无奈李谟偷曲谱，酒楼吹笛是新声。

诗的意思是，天下太平时，玄宗皇帝到了洛阳城，宫内彻夜奏乐灯火通明。谁知吹笛少年李谟偷记下了曲谱，在洛阳的酒楼上都听见了新制的乐曲声。

柳宗元种柳

柳宗元是唐朝的诗人，他对园艺也很有兴趣。由于官场失意，他被贬谪到柳州。从此，他更清清闲闲地过起自己的日子，种花种草，倒也挺开心的。

一天，柳宗元在他自己临江花园里种柳树，他的好朋友吕温正好看见。吕温是个很爱开玩笑的人，便写了一首诗送给柳宗元：

柳州柳太守，种柳柳江边。
柳馆依然在，千秋柳拂天。

柳宗元看了诗，觉得很有趣，这首诗巧妙地把自己的姓、柳州、柳江、柳树嵌了进去，读起来又很自然。于是柳宗元来了兴致，索性在柳州大种起柳树来。

后来，柳宗元还写了一首《种柳戏题》诗回赠吕温：

柳州柳刺史，种柳柳江边。
谈笑为故事，推移成昔年。
垂阴当覆地，耸干会参天。
好作思人树，惭无惠化传。

直到现在，柳州还有很多柳树。人们看到柳树，就会想起那位才华过人又幽默的柳宗元。这两首诗虽然游戏笔墨，但由于巧妙有趣，也伴随着柳宗元种柳树的故事一起流传下来。